Andrea Camilleri

Das launische Eiland

PIPER ORIGINAL

Andrea Camilleri
Das launische Eiland

Roman

Aus dem Italienischen von
Monika Lustig

Piper München Zürich

Von Andrea Camilleri liegen im Piper Verlag außerdem vor:
Die sizilianische Oper (Piper Original 7002)
Jagdsaison (Piper Original 7013)

Deutsche Erstausgabe
September 2001

Titel der italienischen Originalausgabe:
»Un filo di fumo«

Satz: Uhl + Massopust, Aalen
Druck und Bindung: Clausen & Bosse, Leck
Printed in Germany ISBN 3-492-27020-4

... eines Tages sehn wir
ein Streifchen Rauch im Osten
überm Meer
in die Lüfte steigen.
Sein Schiff
wirst du erkennen ...

LUIGI ILLICA UND GIUSEPPE GIACOSA,
Madama Butterfly, II. Akt, 1. Teil

Von Pontius zu Pilatus muß der Cavaliere Ignazio Xerri rennen, ein honigsüßer Schleimer und ein Gauner obendrein, was man daran erkennt, wie er mit den Händen fuchtelt und in der Betrachtung seiner Schuhspitzen versinkt.

»Ganz im Ernst, ich bedaure sehr, aber meine Lagerräume sind ratzeputz leer. An Ihrer Stelle würde ich versuchshalber einen Sprung zu Michele Navarrìa machen.«

Und Don Michele Navarrìa, ein reizbarer Kerl, der ständig wegen nichts und wieder nichts, womöglich weil die Sonne am Morgen auf- und am Abend wieder untergeht, stocksauer ist, meint:

»Tut mir wirklich leid, nicht ein einziges Gramm Schwefel ist noch übrig. Mein Lager ist blank gefegt bis in die hintersten Winkel.«

Darauf geht sein Atem noch schwerer, und unterwegs verliert er sein sicheres Auftreten, das er sich Blut und Wasser schwitzend in der Schweiz zugelegt hatte; sein Vater hatte nämlich den tollen Einfall gehabt, ihn dort Chemie studieren zu lassen, damit er lerne, wie man mit Schwefel haargenau das gleiche Wunder vollbringt, das Jesus mit dem Brot und den Fischen gelungen war.

»Die Sache ist ganz einfach, mein Sohn. Glaub ja nicht, daß alle eine reine Weste haben, wie sie schwören bei dem, was ihnen am heiligsten ist. In und um Vigàta herum gibt es keinen einzigen Lagerhalter von Gottes Gnaden, der den Schwefel zweiter Wahl nicht mit dem dritter und vielleicht auch vierter Wahl streckt. Wenn du einen Lagerbestand von zehntausend Kantar Schwefel hast, ein Mann vom Fach bist, Erfahrung hast und dich aufs Strecken verstehst, dann werden aus den zehntausend Kantar zwanzigtausend, die du für gutes Geld verkaufen kannst. Nach wie vor ist es Schwefel, eine miese Qualität zwar, das ist richtig, aber Schwefel ist und bleibt es, und der hat seinen Preis. Eines schönen Tages ist mir die gelbe Erde in Termini Imerese eingefallen. Kennst du die? Ich bin eigens nach Termini Imerese gefahren, hab sie mir gründlich angesehen und sogar etwas davon in den Mund genommen. Es ist und bleibt Erde, daran gibt es bei keinem Heiligen im Himmel etwas zu rütteln. Aber in Farbe und Geruch und sonst überhaupt ist sie mit dem Schwefel identisch. Für nur zwei Goldmünzen kannst du sie dir waggonweise ankarren lassen. Genau dafür brauche ich einen guten Chemiker, einen, der sich auf seinen Beruf versteht, die richtigen Mengen abmißt und die Mischungen so gut hinkriegt, daß mit dem bloßen Auge nichts zu erkennen ist. Das Allerwichtigste ist jedoch – ich muß ihm trauen können, verschwiegen wie ein Grab muß er sein. Und wem könnte man besser vertrauen als dem eigenen Sohn? Also, du bist hier in Vigàta zur Schule gegangen und solltest jetzt eigentlich nach Palermo gehen, um dort die Universität zu besuchen. Anstatt in zehn Tagen nach Palermo zu fahren, springst du auf den erstbesten Zug Richtung Rom und fährst dann weiter nach Zürich. Dort wird einem, wie sie erzählen, Chemie beigebracht wie nirgendwo sonst auf der Welt…«

Ebendie konnten sie sich jetzt sonstwohin stekken – er, sein Bruder Gaetano und sein Vater. Es war aus mit ihnen, weg vom Fenster waren sie!

»Es tut mir schrecklich leid, Don Nenè! Sie können sich gar nicht vorstellen, mit welchem Vergnügen ich Ihnen zu Diensten gewesen wäre. Aber zu allem Unglück haben wir gerade gestern eine volle Ladung herausgeben müssen, und das wenige, was uns geblieben ist, hat Pasqualino Patti abgeholt. Ach ja, jetzt kommt's mir – wieso versuchen Sie es nicht bei Patti?«

Und wieder nimmt er die Beine unter den Arm und klappert ein Lager nach dem anderen ab wie eine Billardkugel, die an einer Bande abprallt und zur nächsten rollt. Die Antwort der Lagerhalter kennt er längst und ebenso ihren stummen Kommentar, den er am Aufblitzen in ihren Augen, an der plötzlich auftretenden Falte um ihren Mund ablesen kann: »Leck mich am Arsch, du und deine ganze Sippschaft!«

Wegen der Hitze und der Rennerei sieht er fast nichts mehr, die Brillengläser sind beschlagen, sein Mund ist zusammengezogen wie eine Zitrone, sein Atem geht ganz schnell, und am liebsten würde er wie ein Hund die Zunge heraushängen lassen, aber das würde ihm auch keine Erleichterung verschaffen. Erleichterung bedeuten fünftausend Kantar Schwefelerde, die er unter allen Umständen auftreiben, sich von jemandem borgen – von wegen, nicht im Traum! – oder kaufen muß.

»Ich zahle jeden Preis, der Herr, Sie können das Gewicht in Gold aufwiegen ...«

»Aber mein guter Nenè, das ist doch keine Frage des Preises!«

Indes geschieht, was geschehen muß, da hilft kein Schutzheiliger im Paradies: Der russische Dampfer »Iwan Tomorow«, der sechs Tage zuvor in See gestochen ist, würde, dem gnadenlosen Schicksal folgend, innerhalb von sechs, sieben Stunden im Hafen von Vigàta vor Anker gehen. Anstelle des Ankers hätten sie genausogut ihn mit einem Wackerstein um den Hals ins Wasser werfen können. Wort für Wort malt er sich die Unterredung mit dem Kapitän aus.

»O mein Kapitän, Ihre Fahrt von Odessa hierher ist zu meinem größten Bedauern für die Katz gewesen.« (Es folgt ein russischer Satz des Kapitäns, der nicht den leisesten Furz verstanden hat und eine Erklärung verlangt.)

»Ich möchte es Ihnen genauer erklären. Den Schwefel, den die Firma Jung in unserem Lager deponiert hat und den zu verladen Sie gekommen sind, haben wir weiterverkauft.« (Russische Schreckensäußerung des Kapitäns.)

»Jawohl, der Herr, ganz richtig. An Dritte verkauft. Ich weiß sehr wohl, daß das Ihrer war. Und wir sehen uns auch nicht in der Lage, die Lieferung auszuführen; die Hundesöhne von Lagerhalterkollegen haben uns um keinen Preis unter die Arme greifen wollen und halten sich jetzt wahrscheinlich vor lauter Lachen die Bäuche. Seit Jahren schon warten sie gespannt wie die Flitzebogen, daß wir uns einen Fehltritt leisten, um es uns gründlich heimzuzahlen. Nun, diesen Fehler haben wir jetzt begangen.« Deswegen sähe er keinen Weg mehr, wie es weitergehen sollte, genausogut könnten sie wieder nach Odessa zurückkehren. Und viele Grüße an daheim! Im leeren Laderaum durften die Schiffsratten jetzt das Tanzbein schwingen. Wohingegen es für die Firma Salvatore Barbabianca & Söhne aus und vorbei war. Sie konnten dichtmachen. Keine Menschenseele weder zu Land noch zu See würde ihnen jemals noch ein Quentchen Vertrauen schenken. Ihnen ging der Arsch auf Grundeis.

Währenddessen flitzt er durch die Gegend und sieht tatsächlich nichts mehr. Ob er Pflasterstein oder Sandstraße unter den Füßen hat, erkennt er immer nur am Widerhall der Schuhsohlen. Und mit jedem Nein, das man ihm entgegenschmettert, verbreitert sich die innere Kluft zwischen der Gewißheit, auf den sicheren Ruin zuzusteuern, und der Unmöglichkeit, das zu glauben. Er hat ein Hasenherz und spürt zugleich Löwenkräfte in seiner Brust. Auf der anderen Seite verweigert sich sein Inneres, Brust und Bauch ziehen sich zusammen, wie früher, als er noch grün hinter den Ohren war und sie ihm zur Blutreinigung eine Tafel Abführschokolade verpaßten. Es bleiben ihm noch drei oder vier Lager, und auch wenn er wie ein erschöpfter Gaul vor dem letzten in die Knie geht und die anderen glauben, er sei niedergekniet, um seiner Bitte größeren Nachdruck zu verleihen, juckt ihn das nicht weiter. Ihn interessieren einzig und allein und auf Teufel komm raus die fünftausend Kantar Schwefel.

Don Saverio Fede thronte hinter seinem Schreibtisch und ging erneut die Konten durch, als er eine Karosse mit Karacho in den Hof fahren hörte. Er hob die Augen zum Fenster und erkannte die Kutsche von Don Ciccio Lo Cascio. Auch er war Lagerhalter, und zwar auf vorderstem Rang, auf dem er ohne größere Formalitäten gelandet war: Mit

Worten und Taten hatte er es zu Ansehen und Respekt gebracht. Deshalb erhob er sich, um ihn zu begrüßen, und wäre auf der Türschwelle um ein Haar mit Don Ciccios Lagerburschen zusammengestoßen, der rot im Gesicht war und keuchte, als sei er anstelle des Pferdegespanns gelaufen.

»Verzeihung. Ich küß die Hand.«

»Was gibt's?«

»Don Nenè Barbabianca ist auf dem Weg zu Euer Ehren. Sein Lager ist leer, er braucht dringend fünftausend Kantar Schwefel, andernfalls säuft er ab wie eine Ratte. Don Ciccio bittet nun Euer Ehren ...«

Mit weit ausholender Geste, die Hand ausgestreckt wie zum Schwur, brachte Don Saverio ihn zum Verstummen.

»Da bedarf es doch keiner Bitten! Sag ihm, daß die Barbabianca für mich vom Erdboden verschwinden müssen. In meinen Lagerräumen gibt es keinen Schwefel für Leute, die nicht wissen, wie man die eigene Haut rettet. Bestell Don Ciccio meine Grüße.«

Zwei Schriftstücke las der siebzigjährige Don Totò, Inhaber der Firma Salvatore Barbabianca & Söhne, seit acht Uhr in der Früh immer wieder von neuem durch. Besser gesagt, er tat nur so. In Wirklichkeit hatten sich die Schriftzeichen wie Brandmale in sein Gehirn gefressen. Das erste

Schriftstück war zur Hälfte mit der Feder geschrieben, zur anderen gedruckt. Oben links stand: »Emil Jung«, und gleich darunter »Palermo«; oben rechts war »Palermo«, den 2. Juli 1890«, darunter, in der Mitte des Blatts, »Auftrag für Schwefel« und noch weiter darunter »Herr Salvatore Barbabianca & Söhne – Vigàta« geschrieben. Dann schloß sich folgender Text an:

Kraft des vorliegenden Auftrags werdet Ihr so freundlich sein und dem Herrn Alessio Paruskin, Kommandant des Schiffs »Iwan Tomorow« *aus* Odessa *kommend, fünftausend Kantar Schwefel, zweite Qualität Vigàta, aus der Mischung der wohlfeilen Schwefelstangen von dem schwarzen, mit Fremdkörpern doppeltgebrannten Schwefel liefern, die wie gewöhnlich in Stücke und Stückchen abgemessen und an den von der Zollbehörde angeordneten Orten gestellt und gewogen und anschließend franko sämtlicher Gebühren dem vorgenannten Herrn abzüglich der Zollsteuern, die zu seinen Lasten gehen, auf den großen Segeldampfer geladen werden. Stellt die genannten Schwefelballen ab heute für vier Monate franko Lagerhaltung bereit. Sollte nach Ablauf dieser Frist die Übergabe nicht erfolgt sein, werden die Stücke auf Glück und Gefahr demselben Herrn Alessio Paruskin als dem gesetzlichen Vertreter der Firma Nikolai Arbusow mit Firmensitz in Odessa anheimgestellt. Es handelt sich bei den genannten Schwefelstangen um die von mir in Eurem Lager deponierten, die ich ihm gegen bare Münze verkauft habe. Wenn Ihr die Lieferung ausgeführt habt, werdet Ihr diesen Auftrag zur allgemeinen Zufriedenheit quittiert und abgegolten haben. Mit Wertschätzung grüße ich Sie. Emil Jung.*

Das zweite Dokument war wesentlich kürzer, es handelte sich um ein gelbliches Telegramm, das ebenfalls teils bedruckt und teils mit der Feder geschrieben war. Der von Hand geschriebene Teil besagte:

Übergebt fünftausend Kantar dem Schiff »Tomorow«, das Dienstag, den 18., am Nachmittag in Eurem Hafen einläuft. Grüße Jung.

Alles in Ordnung. Nur konnte er sich nicht erklären, wie ein Telegramm, das am 15. aus Palermo abgeschickt worden war (so stand es klar und deutlich in dem entsprechenden Kästchen links oben), erst am 18. in Vigàta eintreffen konnte, am selben Tag also, an dem das Schiff anlegen sollte. Von Palermo nach Vigàta waren es zweihundert Kilometer, da hätten sie ihm das Telegramm genausogut durch einen Laufboten schicken können. Das war der Punkt: Wäre das Telegramm, wie es normal ist, am selben Tag eingetroffen, an dem es losgeschickt worden war, hätte Don Totò Zeit genug gehabt, den Schlag zu parieren. Genau darauf, auf die deutsche Genauigkeit von Emil Jung, hatte er sich verlassen, der es sich stets zur Pflicht gemacht hatte, ihm mindestens drei Tage vor der Lagerbewegung Bescheid zu geben. Das Postamt war nicht imstande, irgendeine Erklärung abzugeben. Doch Don Totò konnte sich die, wenn er wollte, auch selbst geben. Klar und deutlich, als wäre er leibhaftig anwesend gewesen, hatte er nämlich die Szene vor Augen, wie der Postamtsleiter zum Zirkel rannte, Ciccio Lo Cascio beiseite rief und ihm dies und jenes erklärte: daß es da dieses Telegramm gab, durch das die Firma Barbabianca in den Ruin getrieben werden konnte. Denn alle im Dorf wußten, daß sämtliche Lager der Firma leerer als ein leergeputzter Teller waren. Was denn Don Ciccio davon hielte, ob er nicht der Meinung sei, dem dort eine Falle zu stellen? »Ein Unglück kommt selten allein«, lautet das Sprichwort, und man stelle sich Don Ciccio vor, der seit drei Jahren, seitdem Don Totò ihm das Geschäft mit dem Bergwerk Trasatta vor der Nase weggeschnappt hatte, zu Hinz und Kunz sagte, daß er sein Augenlicht dafür geben würde, die Firma Barbabianca am Boden zerstört zu sehen. Von wegen Hiobsbotschaft! Reiner Nektar dünkten ihn diese Worte. Wer weiß, wieviel dieser gehörnte Erzgauner sich dabei unter den Nagel gerissen hatte.

Don Totò war es gewohnt, stets mit vollem

Fahrtwind zu segeln, doch dieses Mal war der Wellengang sehr heftig, und es brauchte gewaltiges Geschick, um mit heiler Haut davonzukommen. Noch war nicht jede Hoffnung verloren. Bevor sie sich geschlagen gaben, mußte die Rückkehr des Buchhalters Blasco Moriones abgewartet werden, der, kaum hatten sie das Telegramm erhalten, mit dem Pferd zu den Gebrüdern Munda nach Fela aufgebrochen war. Sie würden wohl kaum nein sagen, die Gebrüder Munda, wußten sie doch, daß es ihnen nicht zugute käme, Don Salvatore Barbabianca ein Bein zu stellen. Moriones würde kurz nach der Mittagszeit wieder im Dorf sein, »auch wenn du dir den Hals brichst, um drei hast du hier zu sein«, und das bedeutete, er wäre zurück, bevor das Schiff anlegte. Darauf setzte Don Totò seine ganze Hoffnung, und nicht auf den Rundgang, den sein Sohn Nenè idiotischerweise durch ganz Vigàta hatte machen wollen, um ein wenig Schwefel zu erbetteln. Das war vertane Liebesmüh, denn der Plan war viel zu ausgeklügelt. Gewiß würde Moriones die fünftausend Kantar Schwefel nicht einfach so mitbringen können, aber wenn sie einmal soweit wären, wäre alle Gefahr gebannt – für den Kapitän würde er sich gewiß eine passende Ausrede einfallen lassen. Wichtig war einzig und allein, daß der Schwefel innerhalb von sechsunddreißig Stunden von Fela nach Vigàta geschafft wurde. Ohne Vorankündigung, blitzschnell wie einer dieser Bluthunde, die dir, ehe du dich's versiehst, die Kehle durchbeißen, hakte sich ein Gedanke bei ihm fest: Und wenn die Gebrüder Munda plötzlich die Schlaumeier spielen?

Don Totò klingelte nach dem Diener, sein Mund war wie ausgetrocknet, er brauchte dringend eine Erfrischung.

»Bring mir eine Limonade mit viel Eis«, befahl er dem Lagerburschen.

Der neunzigjährige, auf beiden Augen erblindete Don Angelino Villasevaglios hatte sich von seinem Diener Nino auf die Terrasse seines Hauses bringen lassen, da man von dort aus das Meer sehen konnte. Jetzt schwitzte er unter der heißen Sonne, keinen Millimeter rührte er sich. Steif wie eine Statue saß er picobello gekleidet auf seinem Korbstuhl, trug sogar Gamaschen, die er alle Schaltjahr nur auszog, und unnütz baumelte ihm ein Kneifer über der Westenbrust.

»Wollen wir wetten, daß Sie sich noch einen Sonnenstich holen?«

»Das ist mein Bier«, entgegnete er, schirmte mit der flachen Hand die Augen gegen das blendende Sonnenlicht ab und streckte seinen Schildkrötenhals, als könnte er tatsächlich sehen. Nino stand geduldig wie ein Lamm an seiner Seite und hielt ein Seefahrerfernglas in der Hand, wobei er versuchte, dem verrückten Alten neben ihm mit seinem Körper etwas Schatten zu spenden.

»Am Ende verbrutzeln wir hier beide bei lebendigem Leib«, aber der Alte hörte sein Gebrummel nicht. Seitdem der graue Star ihn des Augenlichts beraubt hatte, beklagte er jetzt vielleicht zum erstenmal sein Schicksal.

»Ein solches Unrecht hätte mir der Herr im Himmel nicht antun dürfen. Mir die Sehkraft zu nehmen! Jetzt, da ich mein Augenlicht bräuchte, um mir diese großartige Genugtuung zu verschaffen!«

Dabei blähte er die Nasenflügel, um die Seeluft einzuatmen.

»Nino, sieht man den Rauch?« fragte er und verzehrte sich danach, mit eigenen Augen den Rauch des russischen Dampfers zu sichten, der den sicheren Untergang für Totò Barbabianca & Söhne bedeutete. Statt dessen mußte er sich von seinem Diener erzählen lassen, was der stellvertretend für ihn sah.

»Nino, ich beschwöre dich.«

»Euer Ehren, sobald ich den Rauch seh, sag ich es Ihnen. Bewahren Sie die Ruhe.«

»Sagt mir sofort, was passiert ist!« befahl der Ingenieur Lemonnier, der zwar aus Turin war, aber ein fähiger und flinker Mann und in seinem Fach, dem Minenwesen, eine wahre Größe.

In den zwei Jahren, die er schon in Vigàta weilte, hatte er ein klein wenig von den Sizilianern und ihrem Wesen begriffen. Es kam bei ihnen nicht auf die Worte und auch nicht auf die Gesten an, sondern darauf, *wie* sie diese Worte aussprachen und diese Gesten ausführten, lautete die Schlußfolgerung des Ingenieurs. Winzige Nuancen, Stirnrunzeln, kaum merkliche Veränderungen im Sprechrhythmus und in der Betonung, das waren die Dinge, die Gewicht hatten. Zu dieser Erkenntnis gelangte er schon drei Monate nach seiner Ankunft in Sizilien, als er sich zusammen mit dem Commendatore Madonìa, einer hervorragenden Person, nach Palermo hatte begeben müssen. Seit geraumer Zeit brachte die Inselzeitung »La voce dell'Isola« Nachrichten über den Gesundheitszustand Papst Leos XIII., die keinen Anlaß zur Freude darstellten: Erschöpft sei er – so behaupteten die Journalisten –, weil er die Enzyklika »Immortale Dei« über die christliche Verfassung der Staaten vollendet und schon die nächste, »Christianum«, in Angriff genommen hatte, die sich mit nichts Geringerem als der Befreiung der Sklaven befaßte. Nun, an jenem Tag überquerten sie gerade den Platz der Quattro Canti di Città, und der Commendatore Madonìa hatte sein Auge auf den Aushang geheftet, der dieses Mal beruhigende Worte über den Gesundheitszustand der illustren Persönlichkeit zu berichten wußte, als sich ein vornehm gekleideter Herr in fortgeschrittenem Alter mit steifem Getue und ganz offensichtlich darauf bedacht, ja nicht zu stören, dem Commendatore näherte und leise die Frage an ihn richtete: »Verzeihen Sie, können Sie mir sagen, wie es um den Papst steht?«

Obwohl in jenem Augenblick keinerlei körperlicher Kontakt mit dem Commendatore bestand, hatte Lemonnier gespürt, wie dessen Muskeln zuckten und sich dann verhärteten, wie das gesamte Nervensystem des anderen wie nach einem Stromstoß vibrierte. Da es dem Commendatore Madonìa merkwürdigerweise die Stimme verschlagen hatte, wollte er schon an seiner Statt erwidern, dem Papst, Gott sei gelobt, gehe es ein klein wenig besser, als er bemerkte, daß sich sein Begleiter – war er es überhaupt noch, oder war er ein anderer? – wie durch einen Zauberstreich völlig verändert hatte: Jegliche Freundlichkeit, Höflichkeit und Anstand, die er für gewöhnlich an den Tag legte, waren vergessen, und wutentbrannt schleuderte er dem Herrn in sein leicht nach vorn geneigtes Gesicht – in seinen Augen lag ergebene Erwartung, sein Mund war schon bereit, sich zuvorkommend zu bedanken –: »Gehen Sie mir bloß nicht auf die Eier!«

Unwirsch hatte er dann den zu Stein erstarrten Lemonnier am Arm mit sich gezerrt. Tags darauf, als er wieder in Vigàta war und von dem seltsamen Vorfall berichtete, hatte ihm ein mitleidiger Zuhörer erklärt, daß der Commendatore Madonìa ein glühender Papstanhänger sei, der sich ab dem Zeitpunkt des »Non expedit« geweigert habe, zur Wahl zu gehen, und daß der Herr aus Palermo ihn auf irgendeine Weise kennen mußte. So war ihm klargeworden, welch gewaltige Ladung Ironie, ja grausamer Sarkasmus in dem lag, was in seinen Augen eine völlig harmlose Bitte um Auskunft gewesen war. Einmal hatte ihm ein Freund erzählt, daß die Chinesen nie nein sagten, sondern immer mit Ja antworteten, ganz gleich wie die Frage lautete. Man mußte also begreifen, wann das Ja tatsächlich ja und wann es nein bedeutete. Nur daß sich die Sache hier sofort als ein wenig komplizierter als bei den Chinesen erwiesen hatte. Er hatte beobachtet, daß die Grubenarbeiter, für die er den Direktor zu spielen hatte, an bestimmten Tagen, wie sie es nannten, wie »durch den Wind waren«: Sie bewegten sich schwerfällig; es war zwar kaum der Rede wert, und es bedurfte eines geübten Auges, um sich dessen bewußt zu werden, doch wenn, dann war er sich sicher, daß es im Laufe des Tages noch Rabatz geben würde. Andere Male hingegen bewegten sie sich mit eleganter Lässigkeit, ja verrieten eine Art Heiterkeit, die sich sogar in einer helleren Gesichtsfarbe bemerkbar machte.

In jenem Fall hatte er die Gewißheit, etwas Angenehmes zu erfahren, beispielsweise von einer Hochzeitsfeier oder daß ein Kindlein zur Welt gekommen war.

Als er nun den Zirkel der Adligen betrat, um mit dem Marchese Simone Curtò di Baucina eine Angelegenheit des Bergwerks zu besprechen, hatte er deutlich auf der Haut einen Windstoß, einen frischen Lufthauch verspürt. Genau diese Empfindung hatte ihn gedrängt zu sagen: »Ich muß sofort wissen, was passiert ist!«

»Romeres steckt in der Scheiße!« antwortete Padre Imbornone, auf dessen Tortengesicht sich, wie ein anonymer Autor in einem unlängst auf der Piazza verteilten Flugblatt geschrieben hatte, *alle Liederlichkeit der Welt spiegelte, denn niemals war ein Mann so brutal in den Sinnesfreuden gewesen, für die er sein Geld verpraßte,* auf dem sich jetzt aber im Funkeln seiner Schweinsäuglein nur bösartige Schadenfreude widerspiegelte.

»Sie mögen verzeihen, aber wer ist dieser Romeres?« fragte Lemonnier. Er kannte einen, einen Steinhacker und siebenfachen Vater, der sich schon die Hälfte seiner Lunge aus dem Leib gespuckt hatte, und es mutete ihn seltsam an, daß so viele edle Männer ihr Vergnügen hatten, weil ein armer Teufel endgültig am Arsch war.

»Ach, stimmt ja, Sie kennen ihn als Salvatore Barbabianca«, erklärte Don Agostino Fiandaca.

»Wieso, ist Barbabianca nicht sein richtiger Name?«

»Sie sind nicht von hier«, schickte Padre Imbornone seiner Rede voraus. »Sie müssen wissen, daß ›Weißbart‹ nur ein Spitzname, ein Schimpfwort war, den man Romeres vor fünfzig Jahren verpaßt hatte, als er, weiß der Geier von woher, nach Vigàta gezogen war. Er war Töpfer, fabrizierte Krüge – die im übrigen alle schlecht verarbeitet waren, in denen das Wasser, mit Verlaub gesagt, warm wie Pißbrühe wurde –, und sein Bart war daher immer mit Ton verdreckt und weiß von Kreide. Das war der Ursprung des Schimpfnamens.«

»Und aus einem elenden Töpfer konnte ein so mächtiger Mann werden?« fragte er verwundert.

»Jawohl, der Herr.«

»Ein echter Selfmademan.«

»Ein echter Verarschung-made-man«, verbesserte Padre Imbornone ihn, um, wie es seiner Gewohnheit entsprach, knapp und bündig fortzufahren: »Er ist ein Mann, der vor Ort größeren Schaden als ein wildes Tier angerichtet hat. Barbabianca ist der Abschaum dieser neuen Gesellschaft, deren Lehre es ist, niemandem gegenüber mehr Respekt zu haben.«

»Und da haben wir wieder die übliche Leier!« griff der Marchese Curtò di Baucina ein, der bis dahin den Stummen gespielt hatte.

»Lassen Sie es sich, lieber Marchese, von einem, der ein wenig mehr Durchblick hat als Sie, gesagt sein, mit dem Ihnen gebührenden Respekt natürlich. Barbabianca ist ein Scheißbollen, der auf dem gesamten Schund von Ideen geschwommen ist, der uns dann den Einheitsstaat beschert hat: Zuerst war er ein antibourbonischer Liberaler, dann Spion der Garibaldini, darauf Mitglied einer Freimaurergilde...«

»Stets dem Gebot der Stunde getreu hat er sich verhalten«, unterbrach der Marchese ihn starrköpfig.

»Dann wissen Sie also, was ihm diese ›Treue‹ eingebracht hat, wie Sie es nennen?« fragte Padre Imbornone feuerfangend wie ein Zündholz. »Denn wenn er letztlich doch noch bei diesem Unglück, das gerade über ihn hereinbricht, mit heiler Haut davonkommt, wird er morgen schon bereit sein, sich zu diesen Hitzköpfen wie De Felice-Giuffrida, Bosco und Verro zu gesellen – das sind die, die diese Geschichte mit den sizilianischen Anarchobünden aufs Tablett gebracht haben und von sozialer Gleichheit, Emanzipation und Kollektivierung brabbeln...«

»Ich begreife nicht, worauf Sie hinauswollen.«

»Auf gar nichts will ich raus, Verehrtester, Sie sind es, der seinen Hintern da raushalten muß!«

»Lassen Sie uns nicht neben das Pissoir pinkeln, Padre Imbornone!«

»Ich bitte um Verzeihung. Ich verliere leicht den Kopf, bei solchen Dingen sehe ich einfach rot. Ich will nur sagen, daß ich mein letztes Hemd verwetten könnte: Sobald diese Verrückten da außer auf den Landgütern vielleicht auch noch in den Minen zu streiken beginnen, wird unser Barbabianca den Streikanführer machen, der die rote Fahne schwenkend herumkrakeelen wird, daß das, was uns gehört, seines ist, und das, was ihm gehört, seines bleiben muß. Und dann können Sie Ihren Bergwerken ade sagen!«

»Sobald es an der Zeit ist, werde ich das mit Freuden tun!«

»Sie Gottloser, wenn ich Sie so reden höre, frage ich mich, ob in Ihren Adern tatsächlich blaues Blut fließt!«

»Was verdammt noch mal wollen Sie eigentlich sagen, he? Erklären Sie sich genauer, wenn Sie den Mut dazu haben!«

Padre Imbornone begriff, daß er ein Stückchen zu weit gegangen war, und brummelte etwas, das vielleicht wie eine Bitte um Entschuldigung klingen konnte, während Don Agostino Fiandaca sich mit allen Kräften bemühte, den Marchese zu beruhigen.

»Ich begreife noch immer nicht«, meinte Lemonnier, den die Szene kaltgelassen hatte, denn er hatte sich längst ein dickes Fell bei solchen Streitereien zugelegt, die wie Feuerwerkskörper entbrannten und genauso schnell wieder erkalteten.

»Das mit der Politik und dem ganzen Rest ist klar, aber so viel Geld zu scheffeln – der Barbabianca – wie hat er das nur geschafft?«

»Durch Klauen.«

Und dieses Mal war der Chor einstimmig.

Zum erstenmal nach sieben Jahren, seitdem Don Masino Bonocore die Fensterläden wegen tiefer Trauer streng verschlossen hielt, ließ er durch einen Ritz zwischen den Holzlamellen einen Lichtstreifen ins Zimmer herein, der quer über den staubigen Schreibtisch fiel. Niemand im Haus war in der jüngsten Zeit verstorben. Gewiß, sein Sohn Santino hatte nach Mailand gehen müssen, um sich dort sein Brot zu verdienen, und, klopfen wir auf Holz, war gesund wie ein Fisch im Wasser und verdiente so viel, daß er seinem Vater jeden Monat ein paar Unzen und einige Tari schicken konnte; das in Lire umzurechnen schaffte er nicht. Doch der Dorn, der sich ihm vor sieben Jahren ins Herz gebohrt hatte, war ein schwerer Trauerfall gewesen, der ihm die Lust am Leben genommen hatte. Don Masino, gebeugt, mit dem Schal über den Schultern, obwohl es noch immer warm war, betrachtete den Schreibtisch, der in eine Licht- und in eine Schattenseite geteilt schien, den verrosteten

Brieföffner, den umgekippten Tintentrockner, dessen Sand sich mit der dicken Staubschicht auf dem Tisch vermengt hatte, so daß man darauf gut auch mit dem Finger hätte schreiben können. Seit damals hatte er das Zimmer nicht mehr betreten wollen. Aber heute war vielleicht der besondere, von Gott gegebene Tag. Mit vorsichtigen Schritten, als ginge er auf Eis und habe Angst, sich das Genick zu brechen, näherte er sich dem Schreibtisch, setzte sich auf den Korbsessel, zog die erste Schublade auf der rechten Seite auf und nahm einen Durchschlag des Schreibens heraus, das schon manche gelbe Stockflecken hatte.

Erlauchter Herr Direktor der Banca d'Italia, die Firma Tommaso Bonocore in Vigàta hat sich vor nunmehr zwei Jahren infolge erlittener Rückschläge aufgelöst. Sie wendet sich heute an Euer Hochwohlgeboren mit der Bitte um eine gerechte Beilegung des Streitfalls mit dem von Ihnen verwalteten Institut. Es ist bekannt, daß die Firma Tommaso Bonocore eine gute Marktstellung innehatte und unter wirtschaftlichem Aspekt äußerst solide war. Es ist ebenfalls bekannt, daß sich die Firma des Herrn Emanuele Barbabianca, Sohn des allseits bekannten Salvatore, der sich von dem väterlichen Betrieb entfernt hatte, um sich selbständig zu machen, in gefährlichen und turbulenten Strudeln bewegte; die Banca d'Italia (vormals Banca Nazionale) verlangte seinerzeit, um demselben zu Hilfe zu kommen, eine

Wechselbürgschaft und die Unterschrift der Firma Bonocore, die mit Emanuele Barbabianca in engen verwandtschaftlichen Beziehungen steht, insofern dessen Gattin Tochter des Unterzeichnenden Tommaso Bonocore ist. Es ist bekannt, daß die mehrfach genannte Firma Bonocore sich dafür einsetzte, den Verwandten zu retten und das Bankinstitut vor Schaden zu bewahren. Das gleiche gegenüber einem so nahen Verwandten wie dem leiblichen Sohn zu tun hütete sich Salvatore Barbabianca, obwohl er Kapitalien, Guthaben, Immobilien und Umsätze vorzuweisen hatte, die weitaus größer waren als die einer armen, wenngleich ehrlichen Firma wie die des Unterzeichners. Doch da das Defizit des Herrn Emanuele Barbabianca bedeutend größer war, als im Hause Bonocore bekannt war, ergab sich daraus, daß dasselbe der Belastung nicht standzuhalten vermochte und in den Abgrund stürzte. Wer sich jedoch vor dem Ruin rettete, das war Emanuele Barbabianca, der sich dank unserer Garantien von sämtlichen Schulden freimachen konnte und merkwürdigerweise im Handumdrehen einen Weg fand, wieder unter den väterlichen Fittichen Zuflucht zu nehmen. Der Ruin der Firma und des Hauses Bonocore erfolgte in gutem Glauben. Die Firma übereignete ihr gesamtes Vermögen ihren Gläubigern, ließ zu, daß auf die wenigen ihr verbliebenen Immobilien Hypotheken aufgenommen wurden, und sah darauf, wie ihre Mitglieder in eine schlimme Misere gerieten. Als ehrliche Kaufleute handelnd und um bis zuletzt das respektable Ansehen zu bewahren, das unsere geschlossene Firma bis zum Ende genoß, machen wir Ihnen hiermit den Vorschlag, daß Sie zur vollständigen Begleichung der Schulden gegenüber dem Bankinstitut die Summe von achttausend Lire entgegennehmen mögen, die aus dem Verkauf eines Grundstücks aus dem Besitz der verstorbenen Gattin des Bonocore stammt. Andere Güter befinden sich nicht in unserem Besitz, auch wenn wir uns die Augen ausweinen. Im Vertrauen auf Ihre wohlmeinende Rückantwort, mögen Sie mir aus der Tiefe der Seele glauben …

Schon seit fünf Jahren hatte er den Brief nicht mehr gelesen. Nichts hatte die Demütigung, ihn schreiben zu müssen, eingebracht, die Bank hatte abschlägig geantwortet. Und während er dazu verdammt war, nicht nur seinen letzten Zipfel Erde zu verkaufen, sondern auch das Haus, in dem er das Licht der Welt erblickt und seine Gemahlin ihren letzten Atemzug getan hatte, um sich in eine ebenerdige, aus zwei Räumen bestehende Klitsche zu zwängen und obendrein die Schmach zu erdulden, seinen einzigen Sohn in der Ferne zu wissen – während er also zu einem armen Irren wurde, fuhr sein Schwiegersohn Emanuele Barbabianca, für den er sich ruiniert hatte, weiterhin mit der Pferdedroschke durch die Gegend. Die Art und Weise, wie er sich nach dem Desaster verhalten hatte, stärkte den Verdacht, den Don Ciccio Lo Cascio eines Abends in ihm hatte keimen lassen – nämlich daß es sich um eine zwischen Vater und Sohn ausgeheckte Gaunerei gehandelt hatte, um ihn ein für allemal zu Fall zu bringen –, bis der Verdacht die Farbe der absoluten Gewißheit annahm. Und jetzt, nach sieben Jahren Qual und Pein und Leid, war vielleicht der Augenblick gekommen, jenes Fenster zu öffnen. Er fand die Kraft, die er längst verloren geglaubt hatte, und war mit einem Satz am Fenster. So heftig riß er beide Läden auf, daß sie gegen die Wand knallten. Der warme Sonnenschein fiel ins Zimmer, und er merkte nicht einmal, daß ihm die Tränen über die Wangen liefen.

Die Attards, die Bouhagiars, die Camilleris, die Cassars, die Hamels, die Oates, die Peirces, die Sciainos, die Xerris – Araber oder Malteser, was auch immer sie waren, Schlammfüße, bettelarm, die selbst am Öl für die Totenlämpchen sparten –, die Ayalas, die Contreras, die Fernandez, die Lopez, die Martinez, die Vanascos, die Villaroels, die Villasevaglios – alle Spanier und alle etepetete, aber ohne Mumm in den Knochen, die Nase rümpfend, als röchen sie überall nur Scheiße –, die Gotheils, die Hoefers, die Jacobs – Kartoffelfresser, deutsche Esel mit Scheuklappen, die in der Lage waren, in einen Graben zu plumpsen, um ja nicht auch nur einen Zentimeter vom vorgezeichneten Weg abzuweichen, Dickschädel eben –, und dann die endlose Reihe der Dorfhalunken, die Brancatis und die Buttitas, die Cacciatores und die Cònsolos, die D'Arrigos und die De Stefanis, die Farinellas und die Fiores, die Gallos und die Giudices, die Isgròs und die Joppolos, die Lanzas und die Longos, die Mazzaglias und die Morminos, die Napolis und die Nicosias, die Padellaros und die Pizzutos, die Ronsisvalles und die Russellos, die Savareses und die Sciascias, die Terranovas und die Torrisis, die Uccellos und die Ulianos, die Vilardos und die Virduzzos, die Zagarrìos und die Zinnas – das gesamte Städtchen eben hatte Hände, Füße, Bäuche, Brustkörbe vergessen und war ganz Auge geworden: Augen auf Fensterhöhe, auf Türhöhe, wie ein Seezungenschwarm unter einer Sandbank, der sich im sicheren Versteck wähnt und sich in Wirklichkeit aber durch die Aberhunderte glänzend schwarzer Punkte, die Augen eben, verraten... Diese tausend Augenpaare, die seine Schultern durchbohren und zwischen seinen Schulterblättern eine größere Geschoßrose ins Fleisch brennen als eine Schrotflinte und ihn in Richtung der vorletzten Station drängen (jawohl, in seinem Geist ist es noch immer ein Wort des Leidenswegs, was ihm ganz selbstverständlich ist, denn immer mehr vergleicht er sich in seinem unendlichen Selbstmitleid, in dem er zu ertrinken droht, mit Christus und seinem Kreuzgang), wo der Richter auf ihn wartet, um ihm einen weiteren Dorn in die Dornenkrone zu stecken, den nächsten Nagel ins Kreuz zu schlagen.

»Mir blutet das Herz, mein allerliebster Don Nenè, aber wir wissen wirklich nicht, wie wir Ihnen entgegenkommen könnten … Wieso wenden Sie sich nicht an Don Saverio Fede? Vielleicht könnte er …«

»Ich muß auf der Hut sein«, dachte Agatino Cultrera. Keiner hatte ihm gesagt, was gerade passierte, nur beiläufig hatte er dank eines aufgeschnappten Worts, eines unerklärlichen Lachers, eines übertrieben herzlichen Grußworts mitgekriegt, was Sache war: Die Lagerhalter wollten zwei Fliegen mit einer Klappe schlagen, die Firma Barbabianca und ihn nämlich, wodurch er für all die Male büßen sollte, bei denen er ein Auge zugedrückt hatte, wenn Don Totò, und das war leider öfters der Fall, den Kopf schon in der Schlinge hatte.

»Es ist besser, auf Nummer Sicher zu gehen«, wiederholte er und ließ sich, den Kopf in die Hände gestützt, am Schreibtisch nieder. Aber wie? Den für Don Totò gelegten Hinterhalt sah selbst ein Blinder: Mit drei Tagen Verspätung war ihm ein Telegramm zugestellt worden. Darin lag der Clou: in der Verspätung. Und genau dieses Schlüsselwort brachte ihn mit einem Schlag auf einen Gedanken. Wenn ein Telegramm von Palermo nach Vigàta drei Tage brauchte, konnte dann entsprechend ein Brief von Vigàta nach Palermo nicht sogar zehn Tage dauern? Ja, gewiß, und darüber brauchte man sich auch nicht zu wundern. Das Problem blieb das Datum – nicht das, was er auf den Briefkopf schreiben würde, sondern das des Poststempels. Ein Problem? Er mußte beinahe lachen. Mit dem Geld in der einen und dem Brief in der anderen Hand hätte der Herr Calcedonio Macaluso, seines Zeichens Postamtsleiter, auch einen Stempel mit dem Datum von vor hundert Jahren aufgedrückt.

Beruhigt begann er also zu schreiben:

Heute, am 15. September 1890, habe ich mich, der Unterzeichner, Agatino Cultrera, Inspektor der The Anglo-Sicilian Sulphur Company sowie der Firma Emil Jung aus Palermo, in die Geschäftsräume der angesehenen Firma Salvatore Barbabianca & Söhne begeben und mich nach dem Lagerbestand des vorgenannten Unternehmens erkundigt, das heißt nach dem Vorhandensein der verschiedenen Qualitäten und Mengen von dort lagerndem Schwefel, die gemäß des Durchschlags der bei uns eingegangenen Schwefelbestellungen aus über zwölftausend Kantar, die die Anglo-Sicilian Sulphur Company bei der Firma gelagert hatte, und aus weiteren fünftausend, die von der Firma Emil Jung dort deponiert worden sind, hätten bestehen müssen. Der Herr

Salvatore Barbabianca erhob Einwände ob der von uns für die Inspektion gewählten Stunde und behauptete, im Augenblick nicht über das entsprechende Personal zu verfügen, das uns zusammen mit unseren Zeugen, Giovanni Parello (den werd ich mir mit einem Gläschen Wein kaufen) *und Attanasio Antonio* (mit dem werde ich sowieso ein leichtes Spiel haben) *durch die Lagerräume der Gesellschaft begleiten könnte.*

Nachdem wir seinen Widerstand hatten brechen können, war unser Staunen übergroß, als wir in den Räumen nicht die genannten Lagerbestände entdeckten. In den Lagern gab es keine erkennbare Menge, was wir durch die zwei Zeugen haben bestätigen lassen. Der Herr Salvatore Barbabianca hatte sich während der Überprüfung rasch entfernt, weshalb es mir nicht möglich war, ihn, wie es meine Pflicht und mein Recht gewesen wäre, zur Rede zu stellen und nach dem Grund einer so schwerwiegenden Nachlässigkeit zu fragen. Zwischen dem vorgenannten Barbabianca und mir bestehen alte Freundschaftsbande, unter anderem hat derselbe mein Töchterchen über die Taufe gehoben (es ist besser, daß Sie das jetzt erfahren, bevor irgendein Leichenfledderer Sie darüber in einem anonymen Schreiben aufklärt)*; eben deshalb sehe ich mich jetzt mit leidgeprüftem Herzen gezwungen, Ihnen über die zweifelsohne nicht ordnungsgemäße Situation der betreffenden Firma Mitteilung zu machen, doch die Überzeugung, daß die ehrliche Ausübung der eigenen Funktionen ungetrübt von Herzensregungen und*

Freundschaften sein müsse, war mir stets der Leitstern auf meinem Weg.

Er unterzeichnete mit weit ausholenden Schlenkern und legte zufrieden die Feder nieder: Das Schreiben war bereit – je nachdem, ob es ein Ja oder ein Nein geben würde –, zerrissen oder abgeschickt zu werden.

»Ist nichts zu sehen?«

»Nichts, Don Angelino.«

Seit vierzig Jahren wartete er auf diesen Augenblick und war dabei krumm wie ein Olivenbaum geworden, an manchen Tagen kam er nicht mal auf die Beine, sogar den Hintern mußten sie ihm putzen wie einem kleinen Buben; sämtliche Zähne und das Augenlicht hatte er verloren. Doch Geduld, Geduld, Geduld, immer wieder hatte er zum Herrn im Himmel gebetet, daß der ruhig ein leeres Hemd aus ihm machen könne, doch bevor er die Augen schlösse, müsse er ihm die Gnade erweisen und Totò Barbabianca den Untergang bereiten.

Ihm war jedoch – gewiß täuschte er sich –, als trüge ein Lufthauch ganz deutlichen Meeresgeruch herüber. Das genügte, daß er sich an eine Nacht vor vierzig Jahren erinnerte, als der gleiche Geruch nach Meer in der Luft gelegen hatte. Im Laufe der Jahre war er immer wieder Minute für Minute dieser Nacht durchgegangen und hatte Gerüche und Geräusche, Klänge und Worte wieder lebendig werden lassen. In windstiller Sternennacht hatten sie schwuppdiwupp die aus Malta geschmuggelte Seide vom Segler an Land gebracht. Sie waren zu dritt gewesen: er, Ristuccia, der ein übles Ende gefunden hatte, und Tumminello, der später nach Amerika ausgewandert war. Die Seidenballen hatten sie auf die Rücken der fünf Maultiere geladen, denen sie die Hufe verbunden hatten, damit sie auf der Straße, die sie in der Nähe von Vigàta passieren mußten, keinen Krach machten. Es war zwar schon tiefe Nacht, aber es gab immer jemanden mit unruhigem Schlaf, und Hundegebell hätte leicht die Neugier der Leute wecken können. Alles war perfekt gelaufen, bis sie schließlich vor den Stadttoren von Vigàta haltgemacht hatten, um den Maultieren die Stofflappen abzunehmen, damit sie schneller liefen. Es war die fünfte Überfahrt in diesem Jahr, und deshalb hatten sie schon eine gewisse Routine: Sie ließen das Boot an derselben Stelle anlegen, nahmen immer den einen Feldweg und machten stets kurz hinter der Abzweigung nach Taro halt, wo zwei hohe Trockensteinmauern auch bei hellem Mondlicht Schutz gewährten. Und genau dort, als sie sich bückten, um den Tieren die Stoffetzen abzunehmen ... was war das gewesen? Ein Erdbeben? Er konnte sich gar nicht beruhigen. Er hatte sie nicht kommen hören, nicht von den Mauern herunterspringen sehen: Im Handumdrehen lag er bäuchlings auf der Erde, sein Kopf dröhnte von dem heftigen Schlag, den er abgekriegt hatte, und neben ihm hörte er Ristuccia jammern und die Madonna um Hilfe anflehen. Seine Betäubung dauerte jedoch nicht lange, sofort hatte er begriffen, daß sie sich gerade die Maultiere mitsamt den Seidenballen unter den Nagel rissen. Im Nu war er auf den Beinen und in Richtung der maskierten Schatten losgerannt, die sich mit der Ladung davonmachten; auf dem Weg mußte er über Tumminello steigen, der auf der Erde lag und sich vor Schmerzen krümmte. Schwach, wie er war, erwischte er nur eine der Schattengestalten am Fellumhang, doch ehe er sich's versah, hatte ein zweiter Schatten ihn fest am Arm gepackt, während ein dritter ihm heimtückisch einen kräftigen Fausthieb in den Rücken versetzte. Zumindest im ersten Augenblick war es ihm wie eine Faust vorgekommen. Aber mit einemmal spürte er, wie sein Inneres ganz eisig wurde, und Schlaf überfiel ihn, als hätte man ihm ein Mittelchen verabreicht. All seine Leiden hatten mit diesem Messerstich in den Rücken ihren Anfang genommen. Es hatte monatelang gedauert, bis er das Bett verlassen konnte, und danach stand er mit einem Fuß mehr im Jenseits als im Diesseits, und es bedurfte unendlich viel Geduld und Versprechen und Schmiergelder, um wenigstens Vor- und Nachnamen desjenigen zu erfahren, der ihn auf immer gezeichnet hatte – denn das hatte er selbst begriffen, dazu brauchte er keinen Arzt, der ihm sagte, daß er nie wieder der Mann von zuvor sein würde. Das hatte er sich geschickt ausgedacht, er, Salvatore Romeres genannt Barbabianca: die Schmuggler zu bestehlen, die ihn nicht anzeigen konnten. Und wenn die Schmuggler aufbegehrten, dann wäre das Ende sicher, das er ihm hatte bereiten wollen und nur knapp verfehlt hatte. Was konnte er bloß tun? Ihn umbringen? Auf Tumminello und Ristuccia konnte er gewiß nicht zählen, das waren Leute ohne Mumm in den Knochen, und Schäden an denselben hatten sie kaum davongetragen. Barbabianca von Angesicht zu Angesicht gegenüberzutreten, daran war nicht im Traum zu denken, so wie er zugerichtet war. Er mußte sich abends hinter einem Felsbrocken auf die Lauer legen, ihn abpassen und ihm wie einer Schlange den Kopf zertreten, doch er hatte einige Jahre gebraucht, um das zu begreifen, denn er war kein Verräter, und für gewisse Dinge mußte man einfach geboren sein. Und so hatte er sich nach außen hin in sein Schicksal gefügt und sich um seine Geschäfte gekümmert, die ihm gottlob so manche Genugtuung verschafften. Seine Frau Rosina war zehn Jahre zuvor gestorben, Kinder hatten sie keine gehabt. Er war derjenige, hatte er einmal überlegt, der von jener Nacht an von Haß erfüllt war, den er nie mehr wieder hatte von sich schütteln können.

Versunken in der Erinnerung, zuckte er zusammen, denn er hatte gar nicht gemerkt, wieviel Zeit schon vergangen war, vielleicht war auch der Rauch des Dampfschiffs schon zu sehen.

»Immer noch nichts?«

»Wollen Sie mich zum Wahnsinn treiben, beim Teufel? Sie fragen mich das jede Minute!«

»Vor ungefähr fünfzehn Jahren, um 1875 herum«, erzählte gerade der Marchese Curtò, »gingen zwei Untersuchungskommissare, wohlgemerkt zwei, in Sizilien an Land und kamen auch in unsere Gegend. Sie stellten eine Unmenge von Fragen, so daß man glaubte, wieder auf der Schulbank zu sitzen.«

»Der Herr Marchese drückt das ganz richtig aus«, schaltete sich Padre Imbornone ein. »Wenn die aus dem Norden in unsere Gegend kommen, spielen sie sich immer so auf, als müßten sie uns etwas beibringen.«

»Doch«, fuhr der Marchese fort, »mir stieß die Tatsache gleich seltsam auf, daß sie, um mal im Bereich des Schwefels zu bleiben, beispielsweise Genuardi, Contarini oder Giambertoni befragten, grundehrliche Leute …«

»Grundehrlich! Grundehrlich!« proklamierte Padre Imbornone und drückte die flache Hand auf die Brust, um zu bedeuten, daß er, falls notwendig, diese Überzeugung sogar mit einem Gottesurteil zu stützen bereit wäre, und zugleich blinzelte er verschlagen in Richtung des Ingenieurs Lemonnier.

»... grundehrliche Personen«, begann der Marchese geduldig von neuem, »die sich um Minen und Lagerräume kümmerten und die nie Dreck am Stecken hatten, wohingegen unser allseits bekannter Freund Romeres taufrisch wie eine Rose zu Hause bleiben durfte.«

»Das stimmt nicht ganz«, warf Don Agostino Fiandaca ein, »eine Begegnung zwischen ihm und der ersten Kommission hat es schon gegeben: Der Senator Cusa hat bei ihm zu Hause gespeist.«

»Wie auch immer«, sagte der Marchese, »anfangs schienen diese Kommissionen etwas Seriöses zu sein, doch was war am Ende daraus geworden? Alle Herren Kommissare haben sich von dieser Geschichte mit der Mafia ins Bockshorn jagen lassen und angefangen, erfundenes Zeugs zusammenzuschreiben.«

»Also ist die Mafia etwas Erfundenes?« fragte Don Agostino Fiandaca atemlos, dem eine ähnliche Hypothese Freudenschauer bereitete, da er doch gewöhnlich nur eingeweihte Respektspersonen als Feldaufseher und Pächter anheuerte.

»Sie besitzen eine ganz eigene Gabe, nicht zu verstehen, was ich sagen will.«

»Nicht ich bin derjenige, der nicht versteht, sondern Sie haben dieses vermaledeite Laster, ein Korinthenkacker zu sein, und am Ende verliert man den Faden!«

»Also dann will ich es Ihnen anhand eines Beispiels erklären. Stellen wir uns vor, Sizilien sei ein Baum, geht das in Ordnung? Ein kranker Baum. Diese Herren haben angefangen herumzutönen: ›Dieser Baum hat in seinem Stamm solche und solche Flecken, die Äste sind halb vergammelt, die Blätter sind zur Hälfte von dieser Farbe und zur anderen gelblich‹, und haben darauf glücklich und zufrieden wieder den Heimweg angetreten.«

»Ganz so ist es auch wieder nicht«, griff der Baron Raccuglia ein. »Franchetti und Sonnino haben auch geschrieben, nur um mal ein Beispiel zu nennen, daß die Regierung nichts anderes gemacht hat, als die unfähigsten Beamten und das schlimmste Polizeipersonal zu uns nach Sizilien zu schikken.«

»Wissen Sie, wie das Sprichwort lautet? Steht einer am Abgrund, verpaß ihm um Himmels willen noch einen kräftigen Stoß!«

»Was soll das bedeuten?« fragte Lemonnier.

»Das soll bedeuten, wenn ein Baum ohnehin schon krank ist und ich jeden Tag dagegenpisse, der Baum baldigst eingeht. Aber das bedeutet nicht, daß es meine Pisse gewesen ist, die den Baum krank gemacht hat. Es mag sein, daß die Gründe hierfür viel weiter zurückliegen, vielleicht unter den Wurzeln im Erdreich, und da muß einer wirklich Lust haben und graben und graben, ohne zu wissen, auf was er stoßen wird – auf ein Vipernnest, auf einen Eisenerzbrocken, der beim Aufschlag die Hacke stumpf macht. Man muß nicht nur ein guter Arzt sein, um eine solche Krankheit zu erkennen, man muß sie auch zu heilen wissen.«

»Und wie sehen Ihrer Meinung nach die Heilmethoden aus?« fragte wieder der Ingenieur Lemonnier.

»Die zu erklären würde zu lange dauern, und es ist jetzt bald Zeit, heim zum Essen zu gehen. Doch um die nächsten fünf Minuten noch zu nutzen, will ich Ihnen eine Frage stellen: Als Garibaldi in Marsala an Land ging …«

»Mit den Dampfbooten von Rubattino«, mischte sich Padre Imbornone ein und lachte, wobei er den rechten Arm weit ausholend kreisen ließ – eine Geste, die eine dunkle und unaussprechliche Doppelbedeutung hatte.

»… als Garibaldi in Marsala anlegte, wissen Sie, wie viele Webstühle damals in Sizilien in Betrieb waren?«

»Nein.«

»Ich will's Ihnen verraten: ungefähr dreitausend. Und wissen Sie, wie viele nach der Einheit Italiens weiterhin arbeiteten?«

»Weniger als zweihundert, hochverehrter Freund.«

»Rubattino, Rubattino«, trällerte Padre Imbornone.

»Und für den Stoff, der dann aus Biella eintraf, mußten wir das Doppelte zahlen. Und die Leute, die sich ihr Brot mit dem Webstuhl verdienten, konnten sich, mit Verlaub gesagt, verpissen.«

»Da die Herren hier gerade Geschichtsunterricht betreiben«, fuhr Padre Imbornone dazwischen, »kennen Sie die Geschichte des ›Patrioten‹ Rubattino, ein Name, der ein ganzes Programm ist?«

»Ich glaube, ich weiß überhaupt nichts mehr.«

»Rubattino stand das Wasser bis zum Hals, er war dem Bankrott nahe. Und so packte er die Gelegenheit beim Schopfe. Er gab Garibaldi zwei abgewrackte Dampfboote, nur der liebe Gott weiß, wie sie sich auf der Wasseroberfläche halten konnten – es waren eher zwei dunkle Löcher als Dampfboote –, und unser Herr General steckte, kaum war er in Palermo angelangt, die Hände bis über die Ellenbogen in unsere Kassen und zahlte ihm in Gold das Dreifache des realen Werts dieser Kähne. So hatten die Sizilianer sofort einen klaren Vorgeschmack von dem, wie die Staatsgeschäfte gehandhabt werden würden.«

»Wieso, wie war es Eurer Meinung nach unter den Bourbonen?« unterbrach der Marchese Curtò ihn in herausforderndem Ton.

»Lassen Sie ja die Bourbonen aus dem Spiel, ich bitte darum!« fuhr Padre Imbornone auf. »In dieser Hinsicht muß man ihnen Achtung zollen! Sie mochten ja blutrünstige Reaktionäre gewesen sein, was ich persönlich gar nicht glaube, im Höchstfall verteidigten sie das, was ihnen gehörte, oder hätten sie nicht einmal das tun dürfen? Aber ehrlich waren sie, aus einem Guß, und nahmen dabei auf niemanden Rücksicht!«

Da die Diskussion, die bei der nahenden Ankunft eines Schiffs ihren Verlauf genommen hatte, fatal die umgekehrte Route eingeschlagen hatte – das heißt während letzteres sich dem Zielhafen näherte, lief jene Gefahr, sich auf offener See zu verlieren –, versuchte Lemonnier, die Rede auf den Ausgangspunkt zurückzuführen.

»Aber was hat dieser Barbabianca mit alldem zu tun?« fragte er.

»Der hat zu tun! Romeres, mein Wertester, ist ein Mann, der im Dunkeln agiert, der aus jeder brenzligen Lage auch noch Gewinn zieht. Wenn – um Ihnen ein Beispiel zu geben – wir rein zufällig, statt hier im Zirkel zu sitzen, auf einem Boot auf See wären und dasselbe plötzlich unterginge, würden wir alle den Meerbarben Gesellschaft leisten, dafür können Sie die Hand ins Feuer legen, während er als einziger sich retten könnte, keiner weiß wie. Damit nicht genug: Er würde es sogar fertigbringen, mit einer stattlichen Fischbeute, die sich an seinem Allerwertesten festgebissen hat, an Land zu gehen. Das können Sie mir glauben.«

»Aber mir scheint, daß es ihm heute nicht gerade gutgeht.«

»Ach, das muß sich erst einmal zeigen. Natürlich wäre es zu schön, wenn er zugrunde ginge.«

»Aber wenn er Romeres heißt, wie kann dann seine Firma ganz offiziell den Namen Barbabianca tragen?« bohrte Lemonnier weiter.

»Hu, was sind Sie doch für ein kleinlicher Mensch!« fuhr Padre Imbornone auf. »Das hat er zum Hohn getan. Er wollte, daß das Schimpfwort legitimiert wurde, verstehen Sie? Habt ihr mich Barbabianca genannt, um mich zu erniedrigen? Nun gut, von jetzt an sollt ihr mich voller Respekt Barbabianca nennen. Auf der anderen Seite ist es im Hause Romeres etwas ganz Normales, den Namen zu wechseln. Sein Sohn Stefano, was glauben Sie, wie der in Wirklichkeit heißt?«

»Stefano.«

»Nein, der Herr, sein Taufname ist Gaetano. Und immer noch apropos Romeres: Meine gelehrten Freunde versuchen Sie hier seit einer Stunde davon zu überzeugen, daß die Untersuchungskommissionen immer nur Schwachsinn verzapft hätten, und mir scheint, daß Sie ihnen das nicht abnehmen wollen. Aber es stimmt, glauben Sie mir. Auch der General Boglione erzählte nichts als Scheiß. Haben Sie je von ihm gehört?«

»Ich glaube, ja.«

»Als der General Boglione, Ihr Landsmann – dafür können Sie ja nichts, seien Sie nicht beleidigt, für mich sind Sie einer von uns –, vors Parlament geladen wurde, um sich wegen seiner übertriebenen Strenge, sagen wir mal so, bei der Repression in Sizilien nach der Einheit zu verantworten – unter anderem zog er mit Feuer und Schwert auch durch unseren Ort und ließ einen armen Teufel vierundzwanzig Stunden lang foltern, bis er endlich kapierte, daß der taubstumm war –, also dieser General Boglione besaß die Zivilcourage, in dem spezifischen Fall auch die militärische, vor dem Parlament zu behaupten, daß wir Sizilianer nicht dem gleichen Stamm entwachsen seien, der die anderen Völker zur Zivilisation geführt hat: Unserer Natur nach seien wir – so der Herr General – blutrünstige Mörder. Und aus diesem Grund war da nichts zu machen: Mörder mußten wie Mörder behandelt werden, und das hieß Verhaftungen, Erschießungen, Folterungen. Aber der General erzählte nichts als

Mist, das werde ich Ihnen beweisen. Wenn wir so wären, wie der Herr General behauptet, dann müßte Romeres bei alldem Schaden, den er angerichtet hat, längst schon erschossen, gevierteilt und den Hunden zum Fraß vorgeworfen worden sein. Wissen Sie etwa davon, daß Romeres tot ist?«

»Nein«, erwiderte Lemonnier, »er lebt.«

Bei sich dachte er: Den habt ihr am Leben gelassen, um ihn auf kleiner Flamme schmoren zu lassen. Doch gleich darauf bereute er seinen Gedanken, der seinem Wesen ganz und gar nicht entsprach; tatsächlich steckten die Sizilianer ihn mit ihrer Denkweise schon an.

»Kannst du Seiner Exzellenz, meinem Vater, sagen, daß ich mit ihm sprechen muß?« sagte das Prinzensöhnchen.

Er war schon über Vierzig, hatte mehr als nur einen Bauchansatz, aber alle redeten ihn weiterhin mit dieser verhaßten Verkleinerungsform an, mit der er sich wie ein Blödmann fühlte. Pasqualino, der Hausdiener, der auf Anordnung des Prinzen von morgens bis abends auf einem Sessel vor der verriegelten Tür hockte, hinter der der Edelmann sein Leben fristete, brauchte eine Ewigkeit, um sich zu erheben – sei es wegen der Arthritis, sei es wegen der neunzig Jahre, die er auf dem Buckel hatte, oder einfach, um dem Prinzensohn eins auszuwischen, der ihm schon zwei Tage nach der Geburt unsympathisch gewesen war. Als er endlich auf den Beinen war, schlug er dreimal mit der flachen Hand gegen die Tür, tat nach einer Pause nochmals zwei Schläge und schließlich einen weiteren, wesentlich stärkeren Schlag als die vorherigen.

»Wer ist da?«

»Wer soll schon dasein? Ich bin's.«

Das Prinzensöhnchen hatte sich mit Geduld gewappnet: Er wußte von den anderen Malen, daß es eine langwierige Angelegenheit sein würde. Und in der Tat hörte man, wie hinter der Tür schwere Gegenstände verrückt, Schränke quietschend auf und zugemacht und schwere Truhen über den Boden gezogen wurden. Nach einer ganzen Weile wurde ein erster Riegel, dann ein zweiter und ein dritter aufgezogen. Darauf drehte sich langsam der Türknopf, und die Tür ging gerade so weit auf, daß Pasqualino seinen Kopf hineinstecken konnte. Der Prinz, der sich noch immer nicht persönlich zeigte, und der Hausdiener begannen eifrig miteinander zu zischeln und wollten gar nicht mehr aufhören; das Prinzensöhnchen befürchtete schon, einen Nervenanfall zu kriegen. Mit großer Anstrengung konnte er sich beherrschen, Pasqualino keinen Tritt in den Arsch zu verpassen, der sich seinem Blick darbot, und damit mit einem Streich Diener und Herrn zu Boden zu werfen. Während die Tür mit einem Knall wieder zuging, drehte Pasqualino sich um und verkündete: »Er sagt, daß Ihr, bevor Ihr eintretet, laut bis dreißig zählen müßt.«

»Dann laßt uns zählen«, meinte der junge Prinz schicksalsergeben.

Während er zählte, wurden die Geräusche im Innern des Zimmers immer heftiger, es schien, als schleudere der Prinz wie von der Tarantel gestochen eiserne und hölzerne Stücke zu Boden, wie eine Art Rasender Roland.

»… und dreißig«, sagte der Prinzensohn. »Darf ich eintreten?«

»Tritt ein.«

Der junge Prinz drehte den Türknauf und trat ein. Im Zimmer herrschte beinahe Finsternis, in einer Ecke war ein großes Laken wie eine Leinwand gespannt, die alles verdeckte, was der Prinz hastig aufgehäuft hatte, während sein Sohn draußen zählte. Auch in seiner Jugendzeit war Prinz Luigi Gonzaga di Sommatino nicht gerade eine Schönheit gewesen, doch das Alter hatte ein übriges getan. Genau in der Schädelmitte standen wie nach Indianerart ein paar schüttere Haare in einer Reihe in die Höhe, und die hohe, eiförmige Stirn brachte sein Schielen noch deutlicher zur Geltung. Sein Leib war praktisch ein ellenlanges Skelett, an dem wie bei einer obszönen Witzfigur ein Jackett und eine Hose baumelten.

»Seid gesegnet«, meinte das Prinzensöhnchen.

»Du guter Gott, geh beiseite, Sohn. Was willst du?«

»Ich wollte Euch sagen, daß sie dabei sind, Salvatore Romeres den Kragen umzudrehen.«

»Wem?«

»Ja, wie, habt Ihr den vergessen? Barbabianca, Romeres eben, dem Ihr die Grube Stelletta für achttausend Lire Jahrespacht überlassen habt.«

»O du heilige Jungfrau! Was für ein Unglückstag! Was bringst du mir da für eine Nachricht! Willst du mir etwa sagen, daß er mich nicht mehr bezahlen kann? Ist er bankrott?«

»Noch nicht, aber so …«

»Wie soll ich es schaffen, wenn er nicht mehr zahlt, wie nur?«

Der Prinz bemühte sich redlich, Staunen, Entrüstung und Erschrecken vorzutäuschen; aber an seinen verstohlenen Blicken in Richtung Leinwand war zu erkennen, daß er die Szene nur spielte, um dem Prinzensöhnchen Genugtuung zu verschaffen und ihn schneller aus dem Zimmer zu kriegen. Doch der ließ nicht locker.

»Ihr wollt Euch jetzt wegen dieser Handvoll Groschen Sorgen machen?! Selbst wenn wir die nicht mehr kriegen, wird das niemanden ruinieren. Aber als Ihr ihm für einen Fliegendreck ein Bergwerk verpachtet habt, das zwanzigmal mehr abwerfen kann, da habt Ihr Euch keine Sorgen gemacht!«

»Meine Angelegenheiten regle ich so, wie ich es will! Ich kann tun und lassen, was ich will, und bin niemandem Rechenschaft schuldig! Auf alle Fälle hat mir das Gesetz Recht gegeben!«

Der Prinz nahm Bezug auf den Streitfall, den das Prinzensöhnchen bei Gericht gegen Don Salvatore Barbabianca wegen Täuschung eines Unzurechnungsfähigen angestrengt hatte, wobei der Unzurechnungsfähige der Prinz und der äußerst Zurechnungsfähige Don Totò war, hatte er es doch verstanden, sich ein richtiggehendes Bergwerk für ein Zwanzigstel des eigentlichen Werts unter den Nagel zu reißen. Und daß der Prinz seit über dreißig Jahren von einer handfesten Demenz befallen war, war auf dem gesamten Erdkreis bekannt: Diese Nebensächlichkeit entging jedoch dem vorsitzenden Richter, der mit der Tochter des Vaters des Abgeordneten Randazzo verheiratet war – Wahlmann Don Totò Barbabiancas. Als der Advokat des Prinzensöhnchens lauthals protestierte, daß es bei der Pachtvergabe einer Mine Gepflogenheit sei, keine Jahrespacht zu bezahlen, und in diesem Fall auch noch eine miserable, sondern einen Akkordpreis auf den Ertrag von mindestens zwanzig Prozent festzulegen, hatte der vorsitzende Richter streng entgegnet, daß eine Gepflogenheit nicht immer zum Gesetz werde.

»Eben da du mich an diese ganze Geschichte

wieder erinnert hast, will ich dir sagen, daß ich dir und der ganzen Welt beweisen werde, daß ich nicht unzurechnungsfähig bin!« fügte der Prinz voller Stolz hinzu und deutete auf die Leinwand: »Dahinter befindet sich meine Entdeckung, die das gesamte Universum revolutionieren wird!« Er senkte die Stimme und sah sich mißtrauisch um. »Die Quadratur des Kreises ist das! Begreifst du, du Idiot! Seit Jahrhunderten versuchen sie das schon, und nie ist es ihnen gelungen. Ich aber werde es schaffen! Seit Jahren arbeite ich daran, Tag und Nacht, ohne ein Auge zuzutun, und ihr alle habt mir nicht glauben wollen, nie habt ihr das getan! Ihr habt immer nur gelacht, sobald ich euch den Rücken zugekehrt habe. Auch die gute Seele deiner Mutter sagte mir, keine Zeit mit solchen Dingen zu vergeuden.« Ohne Vorankündigung kullerten ihm jetzt Tränen übers Gesicht, er zitterte, als hätte er einen epileptischen Anfall: »Willst du etwas wissen, ja willst du?« Er stotterte beinahe: »Ich habe es dir noch nie zuvor gesagt, aber jetzt verrate ich es dir: Der einzige, der mich jemals verstanden und mir Mut gemacht hat, mir gesagt hat, daß ich auf dem richtigen Weg bin, mich angetrieben hat, ist er gewesen, ja genau er… Wie hast du noch mal gesagt, heißt er?«

»Barbabianca«, antwortete der Prinzensohn mit kraftloser Stimme.

Endlich war das über zehn Jahre gehütete Geheimnis gelüftet worden. Nächtelang hatte er wach gelegen und sich gefragt, wie Romeres es bloß angestellt hatte, seinen Vater rumzukriegen, der einst ein außerordentlich gewiefter Geschäftsmann gewesen war: Romeres war schlicht und einfach auf ihn eingegangen. Ein Gedanke durchzuckte sein Gehirn: Wenn der Alte vor seinem Tod noch einem anderen Fachmann begegnet, der ihm Recht gibt, vielleicht sogar dem Hausdiener Pasqualino persönlich, würde er zu guter Letzt noch mit ansehen müssen, wie dieser Wahnsinnige ihm ein Gaunerstückchen im Testament lieferte? Hier mußte etwas geschehen, und zwar schleunigst.

»Habt Ihr jemals an das Perpetuum mobile gedacht?« fragte er.

»Nein«, entgegnete der Prinz, sogleich alarmiert. »Was ist das?«

»Ich erkläre es Euch sofort«, erwiderte langsam der Prinzensohn.

»Vor Hitze kommt man hier bald um«, meinte Ignazio Xerri und trocknete sich den Schweiß ab.

»Bei diesem Wetter begreift man überhaupt nichts mehr, in zwei Stunden kann auch die Sintflut über uns hereinbrechen«, legte Paolo Attard nach.

»Wir haben September, und man könnte meinen, es sei Juli«, schnauzte Michele Navarrìa.

Danach machten weder sie noch die anderen fünf Lagerhalter, die im Büro waren, den Mund noch einmal auf. Als hätten sie sich abgesprochen, war einer nach dem anderen im Abstand von einer Viertelstunde in Ciccio Lo Cascios Lager eingetroffen, und keiner sprach über den eigentlichen Grund, der sie hergeführt hatte: Die Tatsache, daß sie sich in Lo Cascios Kontor befanden, bedeutete, daß sie ihre Pflicht erfüllt hatten, und das genügte. Doch sie schwiegen auch deshalb, weil sie noch einmal Minute für Minute die Szene durchlebten, der sie einer nach dem anderen hatten beiwohnen dürfen, und ergötzten sich in einer Art genießerischem Wortgeiz. In ein paar Tagen wären sie vielleicht bereit, den Mund aufzumachen und zu Hause, im Zirkel, unter Freunden zu erzählen, wie Nenè Barbabianca teils mit eingeklemmtem Schwanz, teils mit aufgesetzter Kühnheit um Schwefel gebettelt hatte, wie der Verirrte in der Wüste Gott in seiner Gnade um Wasser anfleht.

Die einzigen, die noch in der Runde fehlten, waren Filippo Ingrassia und Saverio Fede: Wahrscheinlich war Nenè Barbabianca noch nicht bei ihnen vorbeigekommen. Doch sie konnten schwören: Es war nur eine Frage der Zeit, und auch diese zwei würden mit einem Grinsen im Gesicht durch die Tür von Lo Cascios Lager treten.

Der Palazzo Barbabianca hatte eine Besonderheit, die noch auf seinen vorherigen Besitzer, Fofò Cavatorta, zurückging: Sämtliche Fenster und Balkone zur Straße hin, die 1885 Quintino Sella gewidmet worden war, dem Staatsmann, den die Sizilianer noch gut, auch ohne Straße, im Gedächtnis verewigt hatten, waren sorgfältig mit Steinquadern und Kalkverputz zugemauert.

Fofò Cavatorta wollte seinerzeit keine Gefahr laufen, daß sein Auge, auch nicht rein zufällig, etwas von dem häuslichen Leben des Nachbarhauses Casa Ciaramiddaro mitbekam. Nun, meine Herrschaften, der Anblick der Ciaramiddaros bei der Verrichtung ihrer alltäglichen Beschäftigungen würde ihm – so behauptete er – unsagbaren Ekel bereiten. Ob dieser Initiative des Cavatorta waren auch die Ciaramiddaros glücklich und zufrieden, ja sie bedauerten vielmehr, daß nicht sie selbst als erste diesen netten Einfall gehabt hatten. Als glühende Bourbonenanhänger und der Pfaffen Freund bereitete ihnen der Blick ins Innere der Schlafzimmer Fofò Cavatortas, ein Liberaler und offenkundig ein Verschwörer, ständige Schwindelgefühle, so als würde ihr Auge in den aufgerissenen Höllenschlund schauen. Über diese so originelle Abneigungsbekundung zwischen zwei Familien wurde viel gelacht und geredet im Dorf; es war etwas, was man den Fremden mit einem gewissen Stolz erzählen konnte, denen man jedoch pflichtbewußt einige Todesfälle verschwieg: Einmal war jemand auf der Seite der Familie Ciaramiddaro, dann wieder bei den Verwandten von Cavatorta auf einfallsreiche Art und Weise hingemetzelt worden. Diese Ermordeten trübten zuweilen die bizarre Annehmlichkeit ihrer Feindseligkeit. Nach der »Landung der Tausend« hatten sich die Ciaramiddaro prompt, wenn auch nur vorübergehend, als überzeugte Einheitsstaatler an die Seite der Cavatortas – Garibaldi-Anhänger, wie man einige Jahrzehnte später sagen würde – gestellt, und zwar *antemarcia,* also noch vor dem »Zug der Tausend«, und sie dennoch weiterhin mit scheelem Blick angesehen. Doch es handelte sich um einen derart kurzlebigen Waffenstillstand, daß man wortwörtlich nicht die Zeit gefunden hatte, die Steinquader und den Kalkverputz von den Fenstern zu entfernen: Die beiden Söhne Fofò Cavatortas waren Garibaldi bis auf den Aspromonte gefolgt, was der gesamten Familie Cavatorta das Exil auf Malta und die öffentliche Verramschung ihrer Güter eingebracht hatte. Da die Ciaramiddaros die über lange Zeit erduldeten Schikanen vorzuweisen hatten, von denen die zugemauerten Fenster klar Zeugnis ablegten, hatten sie sogleich auf ihr Recht nach Wiedergutmachung gepocht: Der Palazzo Cavatorta mußte ihnen zufallen, sollte nicht eine himmelschreiende Ungerechtigkeit begangen werden. Doch sie hatten die Rechnung ohne den Wirt, das heißt ohne Totò Barbabianca, gemacht, der diesen Palazzo als den einzigen seinem frisch erworbenen Bürgerstand angemessenen betrachtete. Eine Woche lang widmete sich Don Totò, ohne einmal Atem zu holen, der Aufgabe, die Bourbonenvergangenheit der Familienmitglieder der Ciaramiddaro zum Stadtgespräch zu machen, einen Cousin dritten Grades mit eingeschlossen, den die Ciaramiddaros ehrlich gesagt noch nie gesehen noch von ihm gehört hatten. Er soll laut Don Totò eine gewisse Zeit lang enger Freund – und wer weiß, was sonst noch – des gefürchteten Polizeidirektors der Bourbonen, Salvatore Maniscalco, gewesen sein. Für die Ciaramiddaros brachen sieben endlos lange Tage an, und hinterher waren sie derart angeschlagen, daß sie umgehend zu glühenden Verfechtern des fast göttlichen Anrechts der Barbabiancas wurden, selbst das gesamte Dorf aufzukaufen, sollte ihnen der Sinn danach stehen. Nachdem Don Totò Besitz vom Palazzo ehemals Cavatorta genommen hatte, vergeudete er die schwindelerregende Summe von sechzigtausend Lire für Umbau- und Verschönerungsarbeiten und erwarb sich mit diesem finanziellen Kraftakt das Recht, den Palazzo von nun an mit seinem Namen zu benennen. Die Fenster und Balkone zur Via Quintino Sella ließ er jedoch nicht freilegen, nicht, weil er etwa wie der vorherige Besitzer Gefühle echten Abscheus seinen Nachbarn gegenüber empfände, sondern weil für ihn in jeder Lebenssituation galt: Je weniger Augen dich sehen, desto besser. Zur Via Quintino Sella hin gab es wie seit eh und je nur eine Öffnung, die zuzumauern keinem jemals in den Sinn gekommen war: ein grob gemauertes Fensterchen zur Belüftung des Dachbodens, und der war, wie man weiß, kein besonders belebter Ort.

Das *war* er nicht. Denn einige Zeit, nachdem Signora Helke, die Schweizer Ehefrau des jüngeren Sohns Gaetano, genannt Stefano, im Palazzo Barbabianca eingetroffen war, hatte sie begonnen, zweimal pro Woche diesen Ort aufzusuchen: Dienstag nach dem Mittagessen und Donnerstagvormittag. Sie war blond, wie es sich für jemanden aus dem Norden gehört, und wurde von den Familienangehörigen im ersten Jahr ihres Aufenthalts in Vigàta »Dienstmagd« genannt (denn Bedienung war sie tatsächlich gewesen: Gaetano hatte sie in dem Schweizer Hotel, in dem er logierte, kennengelernt und gedroht, sich das Leben zu nehmen und die ganze Familie auf immer und ewig in tiefe Schuld zu stürzen, falls er sie nicht zur Frau nehmen dürfte); doch nach und nach hatte sie dank ihres sanften Gemüts und ihrer unbestreitbaren Herzensgüte wenn schon nicht die Zuneigung, so wenigstens die Duldung der Barbabiancas gewonnen. Unter anderem hatte sie sich zur Aufgabe gemacht, dem taubstumm geborenen Sohn von Mariannina, der Haushälterin, das Sprechen beizubringen. Als Helke aus der Schweiz im Palazzo Barbabianca eintraf, war Totuzzo fünfzehn Jahre alt, doch er wirkte wie fünfundzwanzig. Alle hielten ihn für einen hoffnungslosen Trottel. Als blöd galt er auch in den Augen seiner Altersgenossen, die jedoch aufgrund der Größe gewisser männlicher Attribute, die besser zu einem Esel als zu einem menschlichen Lebewesen paßten, einen geheimen Neid auf ihn hegten. Als Signora Helke die Aufgabe übernommen hatte, Totuzzo die Gabe des Sprechens zu lehren, mußte sie sehr laut reden, um sich bei dem Tauben verständlich zu machen. Deshalb beschloß sie, einen Teil des Speichers leerzuräumen, um dort unbesorgt, ohne die anderen zu stören, schalten und walten zu können. Ihre gutturale Stimme, die manchmal in einen weichen, aus der Brust kommenden Tonfall überging, der sich mit dem Gurren der in den Dachrinnen brütenden Tauben vermischte, hatte den siebzehnjährigen Andrea, Erben des Hauses Ciaramiddaro, auf hundertachtzig gebracht. In einer der dunklen Abstellkammern hatte er einen Eckstein aus dem Fenster genommen und konnte von dort aus zweimal pro Woche die Teilansicht von Signora Helke genießen; von den Mühen des Unterrichtens erschöpft, mußte sie sich hin und wieder ans Speicherfenster lehnen, von wo aus man den Blick über die Dächer des Dorfs bis hin zur Linie des Meeres hatte. Signora Helke litt und krümmte sich vor Schmerz, zu diesem Schluß war Andrea von seiner Position aus gekommen – denn das Fenster, aus dem er den Eckstein herausgelöst hatte, lag unterhalb des Dachbodens des Palazzo Barbabianca –, und jedesmal, wenn sich die junge Frau am Fenster zeigte, begann sie am ganzen Leib zu zittern, faßte sich an die Kehle, klappte den Mund auf und zu, als fehlte ihr die Luft zum Atmen. Zuerst wurde sie kreidebleich, dann lief sie feuerrot an, plagte sich genau wie ein Stieglitz im Käfig, der das Köpfchen zwischen die Gitter steckt und vergeblich versucht, sie auseinanderzubiegen, um die Freiheit wiederzuerlangen. In solchen Momenten träumte Andrea mit offenen Augen davon, Astolfos Pferd und Orlandos Schwert zu besitzen, um mit zwei Streichen die verhaßten Barbabiancas zu ermorden, die liebliche Gefangene zu befreien, die er sich nach den Zeichnungen Dorés, auf die er einen flüchtigen Blick hatte werfen können, nackt vorstellte, und mit ihr auf den Mond zu fliehen.

»Macht Totuzzo Fortschritte?« erkundigte sich Gaetano von Zeit zu Zeit bei seiner Gemahlin.

»Ziemliche und zahlreiche«, erwiderte Signora Helke in ihrem Lehrbuchitalienisch.

Aber sie sagte nicht, um welche Fortschritte es sich handelte.

Totuzzo machte vor allem dann Fortschritte, wenn die Signora, des vielen Sprechens müde, sich mit den Ellenbogen aufs Fensterbrett stützte, um Luft zu holen. Ein Jahr, nachdem die junge Frau sich seiner angenommen hatte, hatte Totuzzo – erregt von der unvermuteten Entdeckung eines bislang nur schemenhaft vorgestellten Universums, das ihm jetzt in all seiner herrlichen Wirklichkeit dargereicht wurde – es dahin gebracht, fast klar und deutlich zu sagen: »Mein Glücksbrunnen.« Zwei Jahre später kamen gut verständlich die Worte: »Gib ihn mir«, »Gib sie mir«, »Nimm ihn dir« über seine Lippen.

»Fünftausend Kantar? Bis heute abend? Ja, haben Sie denn nicht mehr alle Tassen im Schrank?« wimmelt Filippo Ingrassia ihn mit vorgespielter Verwunderung ab. Nenè Barbabianca sieht mittlerweile aus wie ein Fußabstreifer. Er hat sein Jackett ausgezogen und hält es am Kragen mit der einen Hand fest umklammert, mit der anderen gestikuliert er, als zöge er jemandem den Hals lang. Der Schweiß aus den Achselhöhlen hat sein Hemd bis auf Gürtelhöhe durchtränkt, die ehemals schwarzen Schuhe sind jetzt grau vom Straßendreck.

»Auch morgen wären sie mir noch recht«, stößt er heiser hervor und fährt sich mit der Zunge über die glühend heißen, aufgeplatzten Lippen.

»Davon kann nicht die Rede sein«, erwidert Filippo Ingrassia in überzeugendem Tonfall und stolz auf sich und seine schauspielerischen Fähigkeiten.

Während Nenè die im übrigen absehbaren Antworten entgegennimmt, wird er in dem bestätigt, was ihm längst klar ist: Die abschlägigen Worte, mit denen er beschieden wird, nehmen ganz eindeutig an Unverschämtheit zu. Angefangen bei der falschen Höflichkeit der ersten Neins, die auf verschiedenste Weise mit Ausreden und Unvermögen begründet worden waren, muß er jetzt knappe Absagen erdulden und ist innerhalb von weniger als zwei Stunden von einer Respektsperson zu einem Störenfried, einem lästigen Geschmeiß geworden, dessen man sich wie eines Hunds leicht mit zwei Fußtritten entledigen kann. Die Stafette, die die jungen Lagerburschen ohne Zweifel zwischen den einzelnen Lagern laufen und ihn dabei an Auswahl und Geschwindigkeit schlagen, bestärkt die letzten ihm noch verbliebenen Lagerhalter in ihrem gemeinsamen Beschluß: Der Solidarität, der wiedergefundenen Einigkeit gewiß – bis tags zuvor haben diese Hornochsen einander bekriegt, wie sie nur konnten –, versuchen sie jetzt nicht einmal mehr, vor ihm das Gesicht zu wahren. Ohne größere Umstände zu machen, schicken sie ihn einfach zum Teufel, so fest sind sie davon überzeugt, daß schon Verwesungsgeruch in der Luft liegt.

»Du mußt dich beugen wie die Weide im Wind, bis das Hochwasser vorüber ist«, denkt Nenè, als Filippo Ingrassia es nicht einmal für nötig hält, sich zu erheben und ihn zur Tür zu begleiten. Und dieses Sprichwort nimmt er als Leitspruch mit auf den Weg, auf daß er den Kopf wieder erheben möge, sobald der Flußlauf abgeschwollen ist.

Im dritten Stockwerk des Palazzo Barbabianca hinter verschlossenen Fensterläden genau unter dem Speicherraum, wo seine Gattin zweimal wöchentlich mildtätig Totuzzo Unterricht erteilte, war Gaetano, das heißt Stefano in glühendem Gebet versunken. Sein Kopf ruhte auf dem Brett einer mit Intarsien geschmückten Kniebank, die er sich aus einer Wunderkirche in Palermo hatte kommen lassen. Sein Gemach enthielt keinerlei Dinge, die an die geschäftlichen Umtriebe seines Vaters Don Totò und seines Bruders Nenè erinnerten: Es gab weder Hauptbücher noch doppelte Buchführung oder Schwefelbestellungen. Von den Wänden herab überwachten und lenkten dort angeklebte Heiligenbildchen für jede

Lebenslage das alltägliche Dasein von Gaetano: Santa Lucia, die mein Augenlicht beschützt; San Calogero della Marina, der Wunder vollbringt von früh bis spät; Sant'Antonio, der für eine Messe jed' Ding vergeblich sein läßt, und so weiter. Unter jedem Heiligenbild gab es einen winzigen Holzaltar, auf dem je nach dem Wunder, um das gebetet wurde, ein Lichtlein brannte: Da es dunkel war und acht oder neun Gnadengebete aufzusagen waren, ähnelte das Zimmer einem Friedhof zu nächtlicher Stunde.

»Mein Sohn, der Tor«, nannte Don Totò ihn resigniert in einer Mischung aus Zuneigung und Verachtung, denn auf der anderen Seite war diese Sache auch eine Art Adelsausweis, denn in der Tat gab es im ganzen Ort keine blaublütige Familie, die nicht mindestens ein Familienmitglied in ihren Reihen hätte, das sich außergewöhnlichen Tätigkeiten verschrieben hatte: Scheiße fressen zum Beispiel oder erfolglos versuchen, Fliegen in den Arsch zu ficken. Dieser nunmehr fünfundzwanzigjährige Sohn, der auf die Welt kam, als der Vater glaubte, längst keine Munition mehr zu besitzen, ein Spätzünder also, war eine fortwährende Enttäuschung. Sein bloßer Anblick, ein Albino auf wackeligen Beinen (nach wem war dieses gottlose Geschöpf bloß geraten?), ließ in seinem Gegenüber auch die geringste Hoffnung ersterben. Dermaßen blaß und zerbrechlich, daß er durch das bloße Ansehen der Speisen auf dem Teller schon erschöpft war und sich todmüde auf den Boden warf, wenn er rein zufällig einen etwas kräftigeren Atemzug tat. Als er ebenso wie sein älterer Bruder zum Studium der Chemie in die Schweiz geschickt worden war, hatte er sofort bewiesen, daß er nicht zum Lernen taugte; die Professoren in Zürich hatten sich die Mühe gemacht, Don Totò zu schreiben, und fragten ihn, ob er diesen seinen Sohn tatsächlich bald zu Grabe tragen wolle. So war Gaetano nach zwei Jahren im Ausland wieder nach Vigàta zurückgekehrt und präsentierte seiner Familie eine ausländische Ehefrau, über die man besser kein Wort verlor. Don Totò hatte für diesen Sohn eigentlich eine Heirat mit der Enkeltochter Blandino Torrevecchias vorgesehen, die zwar ein bißchen hinkte, aber immerhin vier Bergwerke erben würde. Gaetano hatte aus der Schweiz nicht nur ein Weib mitgebracht, von dem man nicht wußte, ob sie Fisch oder Fleisch war – zugegeben, sie war gut und hatte auch das brave Gesicht einer waschechten Ehefrau, doch sie war nun mal durch und durch Schweizerin –, sondern auch diese Art religiöser Manie, über die nur Padre Cannata, der andere Dorfpfarrer, sich freuen konnte, denn Padre Imbornone scherte sich einen feuchten Kehricht um solche Sachen. Dank seiner Charakterschwäche registrierte Gaetano stets mit der Präzision eines Uhrwerks jedes noch so geringfügige Ärgernis, jede Bugwelle in der väterlichen Firma. Sobald er kapierte, daß in diesem Moment etwas schieflief, verließ er eiligst seinen Schreibtisch, wo Don Totò ihn für die Berechnungen plaziert hatte – zumindest darin taugte er etwas –, und stürzte, den Kopf zwischen den Schultern, davon, um sich in sein Zimmer im Palazzo Barbabianca einzuschließen. Dank dieses mehr oder weniger häufigen Ausbüchsens war Donna Matilde, Frau von Don Totò und Mutter von Nenè und Gaetano, nach und nach in der Lage, den recht abenteuerlichen Geschäftsgang der Firma ihres Ehemanns zu verfolgen. Ihr persönlich wurde nichts erzählt, da die Frauen, wie allgemein bekannt, nur fürs Bett und die Küche taugen.

Deshalb stand Donna Matilde jetzt, um mehr zu erfahren, vor der Tür von Gaetanos Zimmer, der sich dort eingeschlossen hatte.

»Willst du mir wohl aufmachen?«

»Nein.«

»Mach auf, Stefanuzzo, mein Sohn.«

»Nein, zuerst muß ich noch fünfzehnmal den Rosenkranz beten.«

»Aber was ist nur geschehen?«

»Nichts. Doch ich habe jetzt keine Zeit zu verlieren.«

Gaetanuzzo betete weiter: In der Rechten hielt

er die Perlen des Rosenkranzes fest umschlossen, seine Lippen waren langgezogen, und die Lichtlein unter sämtlichen Heiligenbildern brannten. Er zitterte unaufhörlich.

»Ihr müßt uns schützen, vollbringt ein Wunder, ein einziges Wunder nur, laßt uns dem Verderben entgehen.«

Hochverehrter und hochlöblicher Herr Abgeordneter Staatsanwalt des Königreichs!

Mein naturgegebener Stolz und der Grundstock alter Traditionen hielten mich eigentlich dazu an, persönlich bei Ihnen vorstellig zu werden und in pflichtgetreuer Ehrlichkeit Ihnen das mitzuteilen, was ich statt dessen gezwungen bin einem Stück Papier anzuvertrauen, das obendrein nicht mal eine Unterschrift trägt. Nicht aus Furcht, mich und meine Familie der Gefahr schwerster Blutverbrechen auszusetzen, unterzeichne ich hier nicht – denn Barbabianca, über den ich im folgenden sprechen werde, ist eine schlechte und zu jeder Schandtat fähige Person –, sondern aus gebotener Vorsicht und Zurückhaltung. Wenn ich es wage, Euer Hochwürden zu belästigen, statt mich an eine andere Euer Ehren untergeordnete Amtsperson zu wenden, liegt der Grund darin, daß es meinen Mitbürgern im allgemeinen widerstrebt, die verantwortlichen Funktionäre über Angelegenheiten und Umstände aufzuklären, die hingegen in jedem anderen Teil des Königsreichs auf großzügige Unterstützung in Form von Zeugenaussagen und Er-

klärungen stoßen würden. Sind Sie nicht auch der Ansicht, daß, wenn die Amtsgewalt den Bürgern größeres Vertrauen einflößte, viele von denen, die heute aus Furcht vor der Gewalt der Bösen und aufgrund des Wissens um die Nachgiebigkeit und sogar der Mitwisserschaft von seiten gewisser Amtspersonen ihren Beistand verweigern, dem Gesetz Folge leisten würden, träfen sie auf fähigere und energischere oder zumindest umsichtigere Funktionäre? Waren nicht des öfteren bei den Funktionären oder einzelnen von ihnen gewohnheitsmäßige Nachlässigkeit, Arbeitsscheu, übertriebene Faulheit und lasche Haltung bei der Ausübung ihrer Pflichten, fehlende Strebsamkeit und mangelnder Eifer zu beobachten? Wie oft schon geschah es, daß von seiten der Bürgerschaft gewohnheitsmäßige Beziehungen zwischen Funktionären und Individuen kommentiert wurden, die in der Öffentlichkeit kompromittiert waren? Doch ich bin nicht hier, um die Art und Weise der Verwaltung der öffentlichen Belange unter Prozeß zu stellen – wie sehr ich auch als ehrlicher Italiener nicht nur das Recht, sondern gar die Pflicht hätte, mich darüber zu beschweren –, sondern nur, um Euer Hochwohlgeboren auf einen vermutlichen Betrugsfall hinzuweisen, über den Ihrerseits unterrichtet zu sein dazu dient, meiner Erklärung größeren Nachdruck zu verleihen.

Viele Jahre schon zieht die Firma Salvatore Barbabianca & Söhne durch ihre mangelhafte Gesinnung gegenüber allem, was als ehrliche und schickliche Handelssitten zu gelten vermag, das kristallreine Ansehen der Kaufleute und Lagerverwalter von Vigàta in den Schmutz. Doch meine Absicht ist es, Euer Hochwohlgeboren nicht Worte, sondern Tatsachen zu unterbreiten, die allein einen unfehlbaren Gesetzeshüter interessieren können:

1) Verfälschung von Schwefelwaren

2) Unrechtmäßige Aneignung von Staats- und Privatgrundstücken zum Zwecke der Errichtung von Lagerhallen

3) Fehlen flüssiger Kapitalien und entsprechender Einsatz von »Bequemlichkeitskrediten«

4) Abzweigen von Firmengeldern für private Belange

5) Wiederholtes Erzwingen der Unterschriftsleistung betreffs hoher Geldsummen von der Schwester des Barbabianca Salvatore, verheiratete Caruso, Verwalterin der Geschäftsangelegenheiten des erblindeten Ehemanns

6) Zwei Moratorien

Doch das Ereignis, das mich zwingt, diesen Bericht niederzuschreiben, datiert von heute, den 18. September 1890, ist das folgende: Das russische Schiff »Iwan Tomorow« *ist im Begriff, hier in unserem Hafen anzulegen, um von der Firma Jung fünftausend Kantar Schwefel abzuholen, die in den Lagerräumen des Barbabianca eingelagert worden waren und die derselbe gänzlich unberechtigt für fünfzig Prozent ihres realen Bruttowerts zum Zweck des Sofortgewinns an Dritte weiterverkauft hat. Nicht einer der Lagerhalter von Vigàta hat den Missetaten des Barbabianca und seiner Söhne Vorschub leisten wollen, keiner hat ihm die entspre-*

chende Schwefelmenge geliehen oder verkauft, die die Fehlmenge hätte decken sollen. Ich besitze keine hellseherischen Fähigkeiten, aber aufgrund langjähriger Erfahrungen mit erduldeten Veruntreuungen habe ich hiermit die Ehre, Ihnen die vorhersehbare Entwicklung der Folgeerscheinungen darzulegen:

1) Der Kapitän des Schiffs wird, da er mit Versprechen und Geschenken gekauft wurde, keine Anzeige erstatten.

2) Die Firma Jung wird unter dem Druck von Drohungen und Einschüchterungen – auch von seiten bekannter Politiker, deren fanatischer Anhänger der Barbabianca geworden ist – von einer Anzeige Abstand nehmen.

3) Die örtlichen Amtsstellen werden sich in ihrer willfährigen Duldung davor hüten, ohne eine namentlich unterzeichnete Anzeige von Amts wegen vorzugehen, und wo eine solche vorläge, wäre noch zu sehen, ob dieselbe Anzeige nicht letztendlich dem Unterzeichner zum Schaden gereichte…

Schlagartig unterbrach er sein Schreiben, und die Feder verharrte in der Luft, du guter Gott! Der Zorn hatte ihn erblinden lassen, er war dabei, in eine Falle zu stolpern. Dem Himmel sei Dank, daß er sich noch rechtzeitig besonnen hatte. Wer war denn nur dieser Staatsanwalt, an den er sich da wandte? Es hieß, er sei ehrlich, das ja, aber wer weiß das schon. Andererseits gab es nichts, wovor er sich zu fürchten hatte: Nie und nimmer würde er seine Unterschrift unter diesen Brief setzen. Hm, aber die dort waren ja nicht auf den Kopf gefallen, oder? Es konnte gut möglich sein, daß sie Sachverständige für Graphologie heranzögen, Wissenschaftler von auswärts, die mit dem Finger auf ihn zeigten, ohne daß er A noch O sagen könnte. Seit zehn Jahren schon schrieb er Briefe, anonyme selbstverständlich, und jedesmal fehlte ihm die Courage, sie auch abzusenden. Doch vielleicht war jetzt der richtige Zeitpunkt gekommen?

Man kann nie wissen, sagte er sich, besser abwarten und Tee trinken.

Und mit Bedauern, während seine Frau aus dem anderen Zimmer ihn schon zu Tisch rief, nahm er den noch tintennassen Brief und zerriß ihn.

»Euer Ehren, was möchten Sie tun? Kommen Sie herunter zum Essen?«

»Ich habe keinen Appetit.«

»Also was soll ich dann machen? Soll ich runtergehen?«

»Nein. Ist der Rauch zu erkennen?«

»Noch immer nicht.«

»Und deshalb rührst du dich nicht vom Fleck.«

»Seht nur, von Norden her steigen Regenwolken auf!«

»Aber wenn doch die Sonne scheint, was das Zeugs hält!«

»Das mag wohl so sein, doch gleich werden Sie spüren, daß die Sonne verschwindet.«

»Dann wirst du mir eben den Schirm halten, wenn es regnet. Auf alle Fälle weiche ich nicht von der Stelle.«

Wie vor den Kopf geschlagen, läßt er sich auf den Stuhl fallen. Alles hätte er sich erwartet, nur nicht eine solche Begrüßung und das Gesicht, das Saverio Fede in diesem Augenblick macht: Er ist ihm entgegengegangen, hat ihn am Arm genommen, ihn zum Schreibtisch geleitet und reicht ihm gerade ein Glas Wasser mit Anisgeschmack, das er in einem Zug leert. Er ist völlig aus dem Häuschen, es hat ihm die Sprache verschlagen. Und soeben fragt ihn Saverio Fede, der breit lächelnd vor ihm sitzt, welchem Umstand er seinen Besuch zu verdanken habe. Er aber verliert weiterhin Zeit, und die zwei Lagerburschen gehen am Schreibtisch vorüber, grüßen und sind schon draußen: Es ist Essenszeit.

»In genau einer halben Stunde seid ihr wieder hier, heute haben wir Arbeit!« schreit Saverio Fede ihnen hinterher. Dann wendet er sich erneut Nenè Barbabianca zu und fragt: »Also was gibt's, Don Nenè?«

Als wäre in seinem Innern ein Korken geplatzt,

ergießt sich ein Strom von Worten und Seufzern über seine Lippen, er kann einfach keinen Riegel vorschieben, und die ganze Verbitterung und Wut des Vormittags nimmt Gestalt im weißen Speichelschaum an seinen Mundrändern an. Als er endlich die Bitte um die fünftausend Kantar vorgebracht hat, läßt er sich erschöpft gegen die Stuhllehne fallen und schließt beinahe ohne es zu merken die Augen.

Wie der barmherzige Samariter erhebt sich Saverio Fede und kehrt mit einem zweiten Glas *acqua con zammú* zurück, wartet, bis der andere es getrunken hat, doch kein Laut kommt über seine Lippen. Unverändert lächelnd blickt er ihn an. Mit einem erstaunten Aufzucken stellt Nenè Barbabianca fest, daß er tatsächlich die Augen geschlossen hatte und für einige Sekunden weggedämmert war: Der stille, leere Lagerraum, der freundliche Blick Saverio Fedes, das Spannungablassen haben ihm diesen Streich gespielt, und jetzt ist er wirklich wachsam. Endlich begreift er, wie unnatürlich das anhaltende Schweigen des Lagerhalters ist, der ein wenig nach vorne gebeugt dasitzt, die Arme auf die Knie gestützt, und ihn mit unbeweglichem Gesicht anstarrt.

»Nun, also?« fragt er ihn seinerseits, doch der gibt ihm keine Antwort, sagt weder hü noch hott.

»Und nun?« wiederholt er mit lauter Stimme, während er beinahe erschrocken vom Stuhl aufspringt, denn mit einem Schlag kommt ihm eine Szene in den Sinn, die er als kleiner Junge auf dem Land erlebt hat: Da gab es eine grüne Schlange, die mit dem gleichen eisigen Blick wie dem von Saverio Fede eine Ratte anstarrte, und dann, ehe du dich's versiehst, schwupps, war das Nagetier verschwunden, steckte schon zur Hälfte im Maul der grünen Schlange. Beim Aufstehen begreift er, daß es keine Antwort geben kann und daß alles, was er jetzt tut, die Stimme erheben und Erschrecken zeigen, dem anderen zu nur noch größerem Vergnügen und Befriedigung verhilft. Er ist reingefallen, und diese Tatsache ist die schlimmste von allen: Das ist er, der Essig, oder nicht? Der mit Essig getränkte Schwamm.

Das Aniswasser in seinem Mund schmeckt mit einemmal bitter, wie Gift, doch er faßt Mut und zieht Energie aus den Nerven- und Muskelbündeln, in die sich sein Leib verwandelt hat. Mit gespielter Ruhe zieht er sein Jackett zurecht und verabschiedet sich von Saverio Fede mit einer leichten Verbeugung.

»Haben Sie dennoch vielen Dank. Ich wünsche einen schönen Tag.«

Er kehrt ihm den Rücken und geht hinaus. Doch kaum ist er draußen, spürt er, wie seine Beine versagen. Kalt wird ihm, aber nicht nur wegen alldem, was er gerade durchgemacht hat, sondern auch, weil der Himmel beinahe ganz zugezogen ist, und ein Windstoß klebt ihm die schweißnassen Kleider auf der Haut fest.

Michele Navarrìa war beim Essen. Er wohnte allein am Ortsrand in einem Haus, das rundherum von spitzen Agaven und stachligem Gurkenkraut umgeben war. Die Leute behaupteten, dies sei der richtige Ort für ihn, denn wenn sich ihm jemand näherte, konnte es gut passieren, daß ihn ein Schwall giftiger Worte wie Pfeilspitzen aus dem Hinterhalt traf. Und die, darauf konnte man schwören, führten bestimmt zu einer Vereiterung, so viel Gallenbitternis und Gift hatte dieser Mann von Natur aus in sich. Er besaß den Charakter eines reißenden Tiers und mied gewöhnlich menschliche Gesellschaft: Auf Nenè Barbabiancas Anfrage hätte er jedenfalls mit Nein geantwortet, daran gab es nichts zu rütteln. Doch zu wissen, daß seine Weigerung im Verbund mit der der anderen handfesten Schaden anrichten würde, erfüllte ihn mit gewaltiger Freude. So kam es, daß Nunziata beinahe in Ohnmacht fiel, als sie in den Speisesaal ging, um den leergegessenen Teller Michele Navarrìas abzudecken, und nicht wie gewöhnlich einen Schwall Schimpfworte, der sie wie ein Schwarm erboster Bienen in die Küche verfolgte, aus dem Mund des Hausherrn vernahm, sondern die klaren und deutlichen Worte: »Nunzià, die Pasta hat geschmeckt.«

Padre Imbornone aß wie üblich seine Fleischbrühe mit einem halben Dutzend aufgeschlagenen Eiern darin, während in der Küche ein halbes gebackenes Zicklein im warmen Ofen und unterm kühlenden Wasserstrahl eine halbe Wassermelone seiner harrten.

»Von allem esse ich stets nur die Hälfte, so fühle ich mich hinterher nicht zu schwer.«

Auch er speiste allein, genau wie Michele Navarrìa, was für einen Pfarrer wie ihn ganz selbstverständlich war: In der Küche werkelte Filippa, die Schwester des Sakristan. Obwohl er weder Brüder noch Schwestern hatte, hatte Padre Imbornone im Ort vier junge Burschen als seine Neffen gesetzlich anerkannt, die ihm vom Scheitel bis zur Sohle glichen; alle vier hatten die gleiche haarige Warze auf der linken Nasenseite wie er. Blutgeheimnisse, die vor allem in Sizilien dem gleichen verschlungenen, unterirdischen Lauf folgten wie die Aale. Böse Zungen behaupteten, wenn einer bei Padre Imbornone die Beichte ablege, könne er sich genausogut auch einen Schuß in den Kopf setzen. Denn selbst wenn dieser keinen direkten Nutzen daraus ziehen konnte, war er durchaus in der Lage, eine Revolution anzuzetteln und einer Frau den Ehebruch ihres Mannes zu stecken – einfach nur so, um nicht aus der Übung zu kommen. Und man mußte sich erst mal vorstellen, wie er sich verhielt, wenn irgendein Unglücksrabe ihm im Beichtstuhl (wo er sich im übrigen nicht oft blicken ließ) eine Angelegenheit hinterbrachte, aus der er Profit ziehen konnte! Padre Imbornone aß seelenruhig, konnte er ja nicht wissen, daß Filippa ihn einen Monat später, gerade als sie ihm das halbe gebackene Zicklein auftischen wollte, mit dem Kopf im Suppenteller mitsamt dem halben Dutzend aufgeschlagenen Eiern vorfinden würde: Gehirnschlag. Und niemals hätte er folglich erfahren, daß, kaum war sein Tod bekannt, ein einfacher Mann, der sich bislang um Mühlen und Teigwarenherstellung gekümmert hatte, plötzlich von der Muse geküßt werden würde: Anders kann man es nicht benennen und erklären, wieso dieser Mann, kaum war ihm die Nachricht zu Gehör gekommen, wie der Blitz aus dem Haus rannte und den Gemeindeausrufer schmierte, damit der durch die Straßen ging und schrie: »Hat jemand ein Päckchen in die Hölle zu schicken, so kann er es jetzt tun: Padre Imbornone ist nämlich hin.«

Er machte sich also die Mühe, seinen Mitbürgern verkünden zu lassen, falls sie irgendwelche Verwandten in den Tiefen des Infernos hätten, jetzt die Gelegenheit gekommen sei, ihnen etwas zukommen zu lassen. Über den letzten Bestimmungsort Padre Imbornones bestanden nämlich keinerlei Zweifel.

Beim Essen saß auch Ciccio Lo Cascio, der Don Totò Barbabianca den Betrug mit der Schwefelmine Trasatta bis ans Ende seiner Tage übelnahm. Ungeachtet der Proteste seiner Gattin Elvira hatte er sich ein Glas Wein randvoll eingeschenkt; zwanzig Jahre waren es jetzt her, daß er wegen der Lebersteine keinen Tropfen mehr gekostet hatte. Jetzt aber führte er sich genießerisch zwischen jedem Gang einige Schlückchen zu Gemüte.

Ebenfalls zu Tisch war auch Filippo Ingrassia, den man »den Dichter« nannte, da er im Wahlkampf des Vorjahrs vier Verse deklamiert hatte, die beim Volk auf Zustimmung gestoßen waren:

Gegessen haben wir
Und getrunken,
Nieder mit Gallo,
Es lebe Scaduto!

Auch jetzt schwirrten ihm allerlei Reime durch den Kopf: ein Epitaph für die Grabstätte der Firma Barbabianca, das er rechtzeitig bis zum Abend zu Papier gebracht haben mußte.

Paolo Attard, der ein Stockwerk unter Filippo Ingrassia wohnte, speiste zu Mittag. Er wurde »das Wiesel« genannt, nicht nur wegen seiner Geschicklichkeit, mit der er die verstecktesten Absichten der anderen ans Tageslicht beförderte, sondern auch wegen seines schlingernden Gangs. In der Politik waren er und Ingrassia Todfeinde – wenn sie sich auf der Haustreppe begegneten, wurde es immer problematisch: Jeder von ihnen verkündete dann, er würde ausziehen, doch Gewohnheit und Bequemlichkeit behielten die Oberhand –, und deshalb hatte Paolo Attard den Vierzeiler von Filippo Ingrassia mit einem außerordentlichen Intelligenzstreich neutralisiert:

Gegessen haben wir
Und getrunken,
Es lebe Gallo,
Nieder mit Scaduto!

»Auch die Umkehrung der Faktorenanordnung ändert nichts am Ergebnis«, lautete der Kommentar des Marchese Curtò di Baucina, der gerade eine passierte Gemüsesuppe und ein Glas Milch zu sich nahm *(In der Politik sind sie doch alle gleich: jeden Augenblick in der Lage, dem Volk eins reinzuwürgen).*

Er war ein Mann voller Widersprüche: So knauserig er war – er konnte schon wegen eines Buketts Brokkoli auf einen schießen lassen –, war er auch wiederum sehr weitsichtig, was die Ideen der Sozialreform anging, die er im Zirkel der Adligen vorzutragen beliebte. Die Wucht und die Überzeugungskraft seiner Worte waren dermaßen groß, daß er nicht nur bei denen seines Stands als echter Revolutionär galt, sondern sogar bei den Arbeitern in seinen Minen, die sich beinahe glücklich priesen, weniger Lohn zu erhalten, um des Preises willen, unter einem so liberalen Herrn dienen zu dürfen.

Von Alajmo bis Zizza aßen alle zu Mittag, aber es war nicht die übliche Eßweise wie an den anderen Tagen: Wer es sich für gewöhnlich gemütlich machte, hatte jetzt Eile, und umgekehrt; wer ein Weintrinker war, brachte jetzt nur Wasser herunter, und umgekehrt; wer immer nur den zweiten Gang zu sich nahm, hätte jetzt auch gern den ersten gewollt, und umgekehrt.

Nicht zu Tisch saß jedoch Don Angelino Villasevaglios, der zuerst auf seiner Terrasse in der Sonne geschmort hatte und sich jetzt von Nino eine Decke hatte bringen lassen, denn das Wetter schlug tatsächlich um.

Auch der Prinz von Sommatino speiste nicht zu Mittag, sondern saß unbeweglich auf seinem Sessel, verloren in Gedanken an das Perpetuum mobile.

Masino Bonocore aß nicht. Wie erstarrt saß er am offenen Fenster und spürte, wie sich sein Blut in Bewegung setzte, um wieder gleichmäßig in jeder Vene zu fließen und im rechten Maß sein Herz zu erreichen.

»Wie viele sind wir hier im Ort?« hatte sich eines Tages der Baron Raccuglia während einer Unterredung mit dem Ingenieur Lemonnier gefragt, und noch bevor der andere überhaupt den Mund hatte aufmachen können, hatte er auch schon die Antwort parat: »Acht oder neun Familien von unserem Stand und rund dreißig Bürgerfamilien. Also so um die dreihundert Personen.«

»Aber wenn das Dorf doch neuntausend Seelen zählt!« hatte Lemonnier ihm entgegengehalten.

»Zählt? Was zählt?« hatte sich der Baron ernsthaft gewundert. »Der Rest zählt doch nicht, verehrter Freund.«

»Sie mögen nicht zählen, aber es gibt sie«, hatte Lemonnier leicht gereizt auf seinem Standpunkt beharrt. »Sie werden ja wohl nicht behaupten wollen, daß sie unsichtbar sind.«

Ohne ein Wort hatte der Baron ihn einfach nur angesehen, denn sofort war ihm der Zweifel gekommen, ob sich hinter der höflichen und zivilisierten Fassade des Piemontesers nicht ein gefährlicher Aufrührergeist verbarg. Aber der Baron war im Recht und der Ingenieur im Unrecht: Es gab sie schon, die anderen achttausendsiebenhundert Seelen – offen gesagt, war es übertrieben, sie so zu bezeichnen –, aber sie zählten weniger als nichts, so daß man sie genausogut beiseite lassen konnte.

»Kommen Sie mal an einem Tag mit mir, wenn am Hafen viel zu verladen ist und starker Schirokko weht«, hatte der Professor Baldassare Marullo in seinem verdienstvollen Band *Vigàta in seinen wahrscheinlichen Anfängen, in seiner Entwicklung, in seinen Aktivitäten und in seinen Bedürfnissen* geschrieben. »Auf einem winzigen Raum geht es zu wie in einem Ameisenhaufen: Menschen, Karren, Brückenarme, Ladungen, die von einem Boot aufs andere geschafft werden, und dazwischen eilen die Männer ohne Rast, Wagen treffen ein und fahren wieder ab, Stimmengewirr. Die Art und Weise, wie in Vigàta Schwefel verladen wird, muß von Grund auf neu organisiert werden, um überhaupt eines menschlichen Wesens würdig zu werden: Das, was die Schauerleute, die Lastenträger vollbringen, ist ein Angriff auf das Gefühl menschlicher Solidarität. Junge und alte Männer, auch junge Burschen gehen gebeugt unter der Last, die sie auf den Schultern tragen. Der erste tritt an die Lastenheber heran, von denen er die Ladung erhält, aufgepackt den ersten, den zweiten, den dritten Lastenkorb, und so geht's weiter hopplahopp. Auf den ersten folgt der zweite, auf den zweiten ein dritter Mann, und so werden daraus zehn, zwanzig, hundert Männer, die längs der Ladelinie wie Webschiffchen den ganzen Tag hin und her flitzen, von der Laufgewichtswaage oder vom Wagen zum Boot und wieder zurück, ohne daß die leiseste Klage laut wird, sich gegenseitig anfeuernd, antreibend und womöglich auch noch scherzend.«

Nicht »mit der Menschenwürde vereinbar« also. Und wer etwas Menschenunwürdiges tat, war in den Augen des Barons Raccuglia kein Mensch und konnte es auch niemals sein: Auch weil der Professor Marullo vergessen hatte zu sagen, daß der Lastenkorb beziehungsweise die zwei oder drei Körbe, die jeder Träger auf dem Buckel trug, unter der Hitze und dem Schweiß an der Druckstelle zwischen Hals und Schulter eine offene Wunde verursachten, die bei jeder neuen Ladung blutete.

»Aber jetzt ziehen Sie doch nicht so ein Gesicht«, hatte der Baron Raccuglia gesagt, als Lemonnier diese Szene zum erstenmal mit eigenen Augen verfolgte und entsetzt darüber war. »Die lassen sich von so ein paar Tropfen Blut nicht beeindrucken, wissen Sie? Die sind sogar froh darüber.«

»Froh?«

»Ja, genau. Denn das bedeutet, daß sie Arbeit

haben. Wenn sie arbeitslos sind, pflegen sie nämlich zu sagen: Meine Wunde ist verheilt.«

»Ich verstehe.«

»Außerdem ist daran nichts Gefährliches, wissen Sie? Schwefel und Meerwasser sind zwei Desinfizierungsmittel, die ihresgleichen suchen.«

Und außer den Schauerleuten und den Lastenträgern zählten auch die Fuhrmänner – besser gesagt die Knechte – nicht, denn Pferd und Karren waren ja nicht ihr Eigentum. Infolge des ewigen Einerlei der Fahrstrecke vom Schwefellager zum Strand und vom Strand zum Schwefellager waren sie schon ganz bedeppert; je mehr Fahrten einer machte, desto größer war sein Verdienst. Doch es hieß aufgepaßt, daß das Pferd nicht lahmte, kein Rad zu Bruch ging.

Passierte nämlich so etwas, dann hatte er zwei oder drei Wochenlöhne verspielt, und ein Wochenlohn war wegen der Abgaben an den Besitzer des Pferds und des Wagens ohnehin schon erbärmlich. Nicht zählten auch die Spitzhacker im Bergwerk und die Schwefel- oder Salzminenarbeiter, denen die Augen tränten, wenn sie ans Sonnenlicht kamen, und die nachts vom Husten geplagt wurden, deren Lungen mehr aus Staub und Stein denn aus Fleisch bestanden; nicht dazuzuzählen waren die Netzfischer, die nach einem Tag auf tobender See, wo sie ihr Leben aufs Spiel setzten und doch nur ein halbes Kilo

Seebarben nach Hause brachten, von dem zehn Leute satt werden sollten (»Ausschußfisch, denn dieses trostlose Volk angelt nicht für sich selbst«, hatte wiederum Professor Marullo geschrieben). Doch da es inzwischen Essenszeit war, aßen auch die, die nicht zählten. Das taten sie mit viel Phantasie, denn es galt sich selbst zu überlisten und zu überzeugen, daß der Brotbelag für den Kilokanten Graubrot ausreichte, der aus einer Salzsardine, einem hartgekochten Ei oder einer Handvoll Oliven und mehr nicht bestand. So ließ man also die Sardine von der Spitze eines Angelstocks herabbaumeln, biß ein Stück Brot ab und leckte einmal an dem Fisch, fuhr mit der Zunge über die Haut: Die Zähne kamen erst später mit dem Fischfleisch in Berührung, dann, wenn zwischen Brotmenge und Belag ein vernünftiges Verhältnis entstanden war. Oder man nahm das hartgekochte Ei ganz in den Mund, das zu diesem Zweck richtig fest sein mußte, behielt es eine Weile zwischen Zunge und Gaumen und zog es dann ganz wieder heraus; mit diesem Geschmack im Mund war man fähig, auch einen halben Kanten trockenes Brot zu essen. Im Bedarfsfall konnte das Ei auch noch am nächsten Tag tauglich sein. Die Begnadeteren, deren Arbeit auch das Gewohnheitsrecht des Brotbelags auf Kosten des Arbeitgebers einschloß, aßen *caponatina,* einen Salat aus Kapern, Bleichsellerie, Auberginen und Tomatensauce, der in Essig schwamm, und fühlten sich wie Gott in Frankreich. Denn es war Dienstag, den 18. September, und dienstags gab es nichts Gekochtes in den Familien: Das Feuer im Herd wurde nur donnerstags und sonntags entfacht, wenn die Nudeln zubereitet wurden. Sie ließen es sich schmecken, und über die Angelegenheiten, die sich im Dorf zutrugen und ihnen irgendwie zu Ohren gekommen waren, verloren sie kein Wort: »Wer unten steht, muß immer so tun, als ob«, und sie würden immer unter der Knute stehen und ihre undankbare Arbeit verrichten, Hoffnung auf Veränderung ihrer Stellung hegten sie keine, auch wenn irgendein Verrückter durch die Gegend lief und halblaut sagte, daß die Dinge unter den Faschisten ganz anders laufen würden. »Geschichte ist es, und Geschichte wird es sein«: Wenn sie nicht ins Blickfeld des Barons Raccuglia gerieten, hieß das noch lange nicht, daß der Baron Raccuglia in das ihre trat. »Läßt ein einziges Vögelein etwas fallen, trifft es genau den, der unten steht und ackern muß«, sagt das Sprichwort. Und sie standen unten und ackerten.

Nehmen wir beispielsweise Garibaldi, auch er war vor rund dreißig Jahren hierhergekommen, um viel zu schwafeln und blauen Dunst zu verbreiten. Ihm haben sie es im Klartext gesungen:

Wir wollen Garibaldi
Doch Bedingung ist: für uns kein Waffendienst!
Wenn der in Dienst uns nimmt,
Schwenken wir das Fähnlein um, ganz bestimmt!

Wie war es dann gekommen? Sie wurden zu den Waffen gerufen, und die Fahne konnten sie nicht mehr wechseln.

In der Mine Trasatta, Grundstein für den ewigen Haß Don Ciccio Lo Cascios auf Don Totò Barbabianca, hatte Paolino Praticò noch vor allen anderen sein Knäuschen Brot zusammen mit sieben Oliven verspeist, lehnte sich nun an eine Erdaufschüttung und sang sein übliches Liedlein:

Schuften von abends bis in die Früh,
Schlimmer als der Hofhund an der Kette.

Und um ihn herum ließen die Spitzhacker, die Gräber, die Handlanger den Kopf zu ihrem Brot sinken.

Schwarzer Tag, bitterer Tag, dachte Donna Matilde Barbabianca, die noch immer auf dem Stuhl am Kopfende der Tafel saß. Ihr war einfach nicht danach, sich zu erheben, obwohl außer ihr niemand mehr im Speisezimmer war. Helke war wie üblich, nachdem sie zwei Blatt Salat und einen

Happen Käse geknabbert hatte, auf den Speicher geeilt, um Totuzzo zu unterrichten; Marietta, die andere Schwiegertochter, hatte keinen Bissen angerührt und gesagt, sie wolle auf Nenè, ihren Mann, warten; doch als der schweißdurchnäßt und mit einem Blick wie ein geprügelter Hund zurückkehrte, war er, anstatt sich zu Tisch zu setzen, schnurstracks in sein Zimmer gegangen und hatte sich dort eingeschlossen. So war Marietta der Magd in der Küche zur Hand gegangen. Von Stefanuzzo war keine Spur zu sehen gewesen, denn fünfzehn Rosenkränze brauchten nun mal ihre Zeit, und anschließend war er vielleicht in der Lage, nochmals von vorne anzufangen; die Geschichte, die da ablief, schien wirklich schlimm zu sein, nicht so sehr, weil Stefanuzzo und Nenè ein Gesicht machten wie zwei Mäuse im Mauseloch, nachdem sie die Katze gesehen hatten, sondern weil längst klar war, daß Totò an diesem Tag nicht mehr bei Tisch erscheinen würde. In den gesamten fünfzig Ehejahren hatte ihr Ehemann nicht einmal bei Tisch gefehlt, ausgenommen die Male, da er nicht in Vigàta gewesen war. Eine Betschwester war Donna Matilde nie gewesen, weder als junge Frau noch als alte Dame, doch jetzt war sie beinahe verängstigt. Vielleicht würde ein schönes Avemaria in diesem Augenblick Trost bringen, denn an Wunder glaubte sie wahrlich nicht. Und während sich in ihr ein ungehöriger Gedanke breitmachte *(wir haben ja schon unseren Stefanuzzo, der für alle betet, der reicht tausendmal)*, verspürte sie im Nacken ein leichtes Kribbeln wie von einer Fliege. Sie drehte sich um. Hinter ihr stand an den Geschirrschrank gelehnt Tano Sciarretta und beobachtete sie, doch kaum sah er, daß sich Donna Matilde umgewandt hatte, tat er so, als zählte er die Haare auf seinem Handrücken.

Vor Urzeiten war Tano als Ladenjunge in Don Totòs Dienste getreten. Da es schon etwas Außerordentliches war, wenn ihm pro Tag zehn Worte über die Lippen kamen, wurde er »das Grab« genannt, und kaum war Palazzo Cavatorta Familienbesitz geworden, rückte er zum Hausdiener auf. Doch mehr als Hausdiener war er eine Art Vertrauensperson, ein unmittelbarer Zeuge und Beteiligter eines jeden, ob gewichtigen oder nebensächlichen, Vorkommnisses im Hause Barbabianca. Im Jünglingsalter war Tano mit seinen zwei Meter Körpergröße ein Schrank von einem Mann gewesen, und auch wenn sich seine Schultern mit der Zeit krümmten, konnte er noch immer auf die anderen herabsehen: Seine Verschwiegenheit war mit den Jahren immer größer geworden – die Mühe, die es ihn kostete, ein Wort ans andere zu reihen, verzerrte seinen Mund und ließ die Falten um seine Augen anschwellen; seine Haare waren ergraut, und er galt als halbes Orakel, an das man sich im Bedarfsfall wenden konnte. Donna Matilde begriff, daß Tano nicht ohne Grund ins Eßzimmer gekommen war, und tat das, worauf der Diener vermutlich wartete: Sie begann zu reden.

»Was soll ich tun, Tano, soll ich auf ihn warten?«

»Nein, die Dame.«

»Und warum nicht?«

»Es wäre vertane Zeit.«

Eben deshalb, nun besaß sie die Gewißheit, daß es sich um eine schwerwiegende Angelegenheit handelte.

»Also, du behauptest, er kommt nicht mehr zum Essen?«

»Nein, die Dame.«

»Bring du ihm das Essen, ich mach einen Teller mit Fleisch zurecht.«

»Nein, die Dame.«

»Du willst ihm das nicht bringen?«

»Nein, die Dame.« Und nach einer Weile fügte er wie zur Rechtfertigung hinzu: »Es könnte nämlich passieren, daß er mir den ganzen Teller mit Fleisch ins Gesicht schmeißt.«

»Aber was ist nur passiert? Darf man das erfahren?«

»Ich weiß von nichts.«

Schweigen. Doch Donna Matilde war ein Rassehund, und wenn sie einmal Lunte gerochen hatte, gab sie nicht so schnell wieder auf.

»Dann geh ich also in sein Kontor?«

Tano fuhr hoch und warf ihr einen messerscharfen Blick zu, dann senkte er wieder die Augen. Im Zweifel, ob diese Geste Zustimmung oder Verneinung zu bedeuten hatte, hakte Donna Matilde jetzt energischer nach.

»Nun, was ist? Soll ich gehen?« fragte sie, und ihre Stimme veränderte sich erneut.

»Ganz wie es der Herrin beliebt.«

Es war ein Fehler gewesen. Tano war vom Orakel sofort wieder zum gehorsamen Diener geworden, der seine Hände in Unschuld wusch und kommentarlos tat, was ihm aufgetragen wurde. Donna Matilde kehrte zum vorherigen Ton zurück.

»Aber du, Tano, was sagst du dazu?«

»Ich sage, daß es besser ist, wenn Sie gehen. Euer Ehren können ruhig hingehen, aber es ist sinnlos, daß Sie Essen mitnehmen.«

»Warum sollte ich dann überhaupt hingehen?«

»Weil es besser so ist.«

Bei diesen Worten stand Donna Matildes Herz einen Augenblick still, und sie, die nie schwitzte, spürte, wie ihr Schweißtropfen auf die Stirn traten und bis zu den Mundwinkeln hinunterliefen. Tano wollte also, daß sie in diesem Augenblick an Totòs Seite wäre: Aber zu welchem Zweck? Um ihn zu trösten? Um ihn vor einem unbedachten Schritt zu bewahren? Sie erhob sich, beide Hände auf die Tischplatte gestützt, dennoch schwankte sie ein wenig. Mit einem Sprung war Tano neben ihr und bereit, sie zu stützen. Sie blickten sich in die Augen.

»Ich kann nicht hingehen, Tano«, sagte Donna Matilde mit leiser Stimme. »Und wenn mich jemand sieht? Soll ich mich vielleicht zum Gespött des ganzen Dorfes machen?«

Als die Sonne hinter den regenschweren Wolken, die von Norden her aufzogen, verschwunden war, spürte Blasco Moriones, daß er nach drei Stunden, die er durch die Gegend gehetzt war, endlich wieder durchatmen konnte. Der Knoten im Hals lockerte sich mit einem Schlag. Er ließ das Maultier anhalten, sein Blick schweifte aus der Höhe des Toter-Mann-Hügels über das weißrote Dächermeer von Vigàta. Er beobachtete das Meer, das immer heftiger toste, hohe Wellen liefen in rascher Abfolge über den Strand, brachen sich wild schäumend an den Hafenausläufern. Im Innern fühlte er sich jedoch nach wie vor wie leergepumpt, die Rennerei hatte ihn nicht zufriedengestellt und ihm schon gar nicht sein inneres Gleichgewicht wiedergegeben – seine wahre Stärke seit eh und je. Hoffnungsvoll hatte er sich auf den Weg nach Fela gemacht, dank reichlicher Erfahrung hatte er zu wissen geglaubt, daß die Gebrüder Munda auch dieses Mal ihren Dienst nicht verweigern würden; er war aufgebrochen mit der Gewißheit, Don Totò bald wieder unter die Augen zu treten, um ihm zu sagen, daß alles in Ordnung sei und in der Nacht auf alle Fälle die fünftausend Kantar Schwefel, Leihgabe der Gebrüder Munda, auf dem Schienenweg, auf Karren, ja falls nötig selbst auf den Schultern getragen in Vigàta eintreffen würden. Nie hatte er sich die Frage stellen wollen, was eigentlich der Grund dafür war, daß die Mundas Don Totò jederzeit zu Diensten standen. Einmal hatte er mit halbem Ohr eine wirre Geschichte diesbezüglich gehört. Angeblich hatte Don Gerlando Munda, Vater der zwei Brüder, auch im hohen Alter einen unruhigen Schlaf, da es ihn immer nach zartem Frischfleisch gelüstete. Und eines Tages war es dann passiert: In einem Heuschober hatte sich die Tochter Peppe Indelicatos gewissen Sonderwünschen Don Gerlandos verweigert, der den Schimpfnamen »der Grieche« trug, weil er sich der perversen Vorliebe verschrieben hatte, nach der die Griechen, wie es heißt, verrückt sind. Genug, ein Wort ergab das nächste, auf alle Fälle verlor Don Gerlando den Kopf, und das Mädchen zwischen seinen Schenkeln war plötzlich tot. Just in diesem Augenblick und rein zufällig ging Don Totò Barbabianca am Heuschober vorbei. Ohne mit der Wimper zu zucken, schaffte er die ganze Geschichte aus der Welt, hob sogar eine drei Meter tiefe Grube für das tote Mädchen aus, denn Don Gerlando war zu nichts mehr zu gebrauchen. Nun, Tatsache war, daß die Tochter von Peppe Indelicato eines schönen Tages spurlos vom Erdboden verschwunden war; Tatsache war ebenfalls, daß Peppe Indelicato von Don Gerlando Munda für einen Appel und ein Ei einen schönen Olivenhain erwerben konnte, mit dem er ein Vermögen machte; hundertprozentig richtig war, daß Don Gerlando und Don Totò, die sich früher kaum gegrüßt hatten, mit einemmal Herzensfreunde geworden waren; und es entsprach außerdem der vollen Wahrheit, daß Don Gerlando auf dem Totenbett zu seinen Söhnen gesagt hatte: »Paßt auf Don Totò auf.«

Böse Zungen ergingen sich in der Auslegung dieses Verbs, kreisten darum herum wie Fliegen um den Scheißhaufen und berieten, ob dieses »Paßt auf« »Kümmert euch um ihn« oder, das war die Ansicht der meisten, »Hütet euch vor ihm« bedeuten sollte.

Seit zwanzig Jahren hing Blasco Moriones wie ein Blutegel an den Glücks- wie an den Unglücksfällen Don Totòs – letztere waren bis zu jenem Zeitpunkt jedoch nur vorübergehender Art gewesen – und wußte, daß das Nein der Gebrüder Munda dieses Mal tatsächlich das sichere Ende, den vollständigen Ruin bedeuten würde. Im Lager von Fela hatte er wesentlich hartnäckiger als nötig auf seiner Forderung bestanden und sich darauf versteift, ihnen die Verschwörung gegen Don Totò in Vigàta darzulegen, doch er war bei ihnen auf Granit gestoßen. Inmitten der Auseinandersetzung überfiel ihn große Müdigkeit; er begriff, daß mit den beiden zu reden das gleiche war, wie einem Ochsen ins Horn zu blasen: Selbst wenn er zu Kreuze gekrochen wäre, hätte er kein Gramm Schwefel von ihnen erhalten. Sicherlich hatte der weitblickende Don Ciccio Lo Cascio es verstanden, sich in Fela Rückendeckung zu verschaffen, und einen besseren Beweggrund als den von Don Totò gefunden, um die Gebrüder Munda auf seine Seite zu bringen.

»Ich verstehe und schätze Eure Ergebenheit gegenüber Don Totò«, hatte Mario Munda zu ihm gesagt, ohne ihm in die Augen zu schauen, und seine Geste sprach Bände.

»Aber auch uns müßt Ihr verstehen. Don Totò würden wir sogar unser Leben schenken, wenn er uns darum bitten würde. Aber Schwefel nicht, für den Augenblick haben wir keinen. Will er vielleicht Geld? Will er unsere Lagerhallen? Er soll sie ruhig nehmen, sie gehören ihm. Wir haben keinen Schwefel und wissen auch nicht, wo wir welchen auftreiben könnten.«

»Ihr habt ihn gern wie einen Vater«, hatte Fofò Munda seine Rede fortgesetzt, und bei diesen Worten konnte er nicht länger an sich halten und tat einen Schritt nach vorn. Wäre es nicht wegen des Galopps von Vigàta nach Fela und des Schreckens und der Nervosität und der Eile gewesen, wären ihm Fofò Mundas Worte ins eine Ohr rein- und zum anderen wieder rausgegangen. Sagten sie es ihm jetzt endlich auf den Kopf zu, was man sich seit Jahren im Dorf und in der Umgebung zusäuselte: daß sein Vater nämlich ein Hahnrei war, der darum wußte, daß seine Mutter Don Totò zu Willen war? Ansonsten ließe sich nicht erklären, warum Barbabianca, ein Mann, der keinem sein Herz öffnete, ihn stets so außerordentlich gern gehabt hatte, daß er ihm sogar seine Studien bezahlt, ihn in sein Geschäft genommen und ihn genauso behandelt hatte wie seine eigenen Söhne, ja er hatte ihm sogar die Anzüge von seinem Schneider anfertigen lassen. Doch Fofò Munda hatte die Bedrohung gespürt, die von seinem Schritt nach vorn ausging, und war in Deckung gegangen, so wie die Schnecke die Fühler einzieht, wenn sie auf ein Hindernis trifft. Dabei hatte er undeutliche Worte des Bedauerns gemurmelt, Don Totò nicht helfen zu können. Als Vigàta unter ihm lag, noch eine Wegstunde auf dem Maultier entfernt, wurde Moriones klar, daß es ihm nicht an Mut fehlte, Don Totò die schlechte Nachricht zu überbringen, sondern sein Herz nicht mitspielte. Im übrigen wußte er, daß es zwischen ihm und seinem Herrn keiner

Worte bedurfte, ein Blick genügte, um sich einen ganzen Roman zu erzählen. Er fühlte sich wie ausgehöhlt. Ganz langsam und ein wenig benommen stieg er vom Maultier und blickte um sich, als wäre ihm die Gegend, durch die er schon Tausende und Abertausende Male geritten war, vollkommen fremd, dann setzte er sich auf die Erde und lehnte die Schultern gegen einen Mandelbaum. Nahe bei seiner rechten Hand wuchs ein Büschel Sauerampfer, vor sich hin träumend riß er eine Handvoll davon aus und führte ihn zum Mund. Der saure, aber nicht strenge, sondern erfrischende Geschmack des Krauts hatte ihm immer schon gemundet, auch als Erwachsener. Sein Herz war schwer wie Blei, doch mit diesem Geschmack im Mund bekam er sofort Lust, loszurennen und sich inmitten des Grases zu wälzen; die Leere von zuvor füllte sich langsam mit unangebrachter Heiterkeit. Der erste Gedanke, der ihm durch den Kopf schoß, war ein sehr verräterischer: Vielleicht verspürte er, ohne daß es ihm bewußt war, sogar Zufriedenheit ob des bevorstehenden Endes von Don Totò. Aber aus welchem Grund, hatte er doch von diesem Mann immer nur Gutes erfahren? Kaum hatte er sich diese Frage gestellt, durchfuhr ihn wie ein Feuerstrahl die Erkenntnis, die seine Heiterkeit sehr viel besser als jede langwierige Überlegung erklärte: Wenn einer zuweilen gegen sein eigenes Blut aufbegehrt, geschieht das aus keinem anderen Grund als dem, daß der Mensch eben Mensch ist; und der heftigste und am tiefsten reichende Haß entsteht zwischen zwei Brüdern oder zwischen Vater und Sohn – ein Gedankenblitz, den er schleunigst vergessen wollte. Für einen Moment schloß er die Augen, und als er sie wieder öffnete, sah er lange in den Himmel, der sich jetzt von allen Seiten her zuzog. Dann tat er einen tiefen Atemzug und hob die Hand, um in seine Westentasche zu greifen, wo er die Pfeife aufbewahrte, doch auf halber Höhe hielt er wie gelähmt inne: Dort, wo das Himmelsgrau in das des Meeres überging, teilte eine pechschwarze Rauchsäule den Horizont in zwei Hälften und stieg so hoch, als ob das Schlechtwetter ihr nichts anhaben könnte.

»Gridu di malu tempu tra li gulfi…«, hob Simone Curtò di Baucina an, und ein noch heftigerer Windstoß als zuvor ließ die Glasscheiben des Salons erzittern.

»Wie bitte?« fragte Lemonnier.

»Das schlechte Wetter brüllt zwischen den Golfen«, übersetzte der Marchese höflich und fuhr fort: »Kennen Sie den Meli? Unseren Nationaldichter? Ach, verzeihen Sie, Sizilianisch verstehen Sie ja nicht. Das ist der Anfang eines Begräbnislieds, das der Meli zum Tod des berühmten

Priesters Francesco Carì schrieb, der dogmatische Theologie in Palermo lehrte und vielleicht aus diesem Grund reichlich Sonette und Epigramme schrieb, die kein gutes Haar an Fratres und Pfarrern wie ihm ließen.«

»Das ist kurios«, kommentierte Lemonnier.

»Was soll daran kurios sein? Sehen Sie sich Padre Imbornone an: Glauben Sie nicht, daß Francesco Carì über ihn einen richtigen Wälzer hätte schreiben können?«

»Warum schaut ihr mich an? Redet ihr vielleicht schlecht über mich?« fragte Padre Imbornone, erhob sich aus seiner Sofaecke und kam mit einem Sorbett in der einen und einer Zigarre in der anderen Hand näher.

»Wie könnten wir!« entgegnete der Marchese. »Ich erzählte gerade unserem Freund Lemonnier von dem Gedicht des Abate Meli für Francesco Carì…«

»Ein großer Mann!«

»Wer, Meli oder Carì?«

»Carì. Der Meli hat mich nie überzeugt.«

»… und ich fragte mich, ob auch Ihr, Padre Imbornone, nach Eurem Tod in einem Jahrtausend einen würdigen Dichter finden werdet, der Euch gerecht wird.«

»Bestimmt wird das nicht unser Mitbürger Filippo Ingrassia sein«, erwiderte Padre Imbornone laut lachend und begriff den Seitenhieb nicht.

Die exzellente Zigarre des Marchese hatte ihn duldsam werden lassen.

»Ingrassi' ist ohne Phantasie, verzeihen Sie den Reim, den Vers über mich könnte ich ihm selbst diktieren, so aus dem Ärmel geschüttelt: ›Tot ist Padre Imbornone nun, Pfaffe, Dieb und Lügenbold.‹«

»Also bedarf es bei Ihnen des Abate Meli, auch wenn er Sie nicht überzeugt«, sagte der Marchese.

»O nein, mein Wertester, nicht einmal den will ich. Gegebenenfalls einen wie den Micio Tempio: *Fora di mia li truci oggetti e l'iri / amu la Paci e cantu lu Piaciri.*«

»Fern von mir die bösen Ding', den Zorn…«, begann der Marchese zu übersetzen, doch Lemonnier setzte fort: »… den Frieden lieb ich, und des Lebens Freud besing ich.«

»Bravissimo!« rief der Marchese. Und erneut zu Padre Imbornone sagte er: »Ach ja, ich hätte es beinahe vergessen, Ihr seid immer schon ein Studiosus der ›Grammatica Pelosa‹ gewesen, genau wie Padre Siccia.«

»Ich hege nicht die gleichen Vorlieben wie Padre Siccia, das wissen alle im Ort und können es Ihnen beweisen!« versetzte Padre Imbornone hitzig, und sein Gesicht verfärbte sich zusehends.

»Wer ist denn dieser Reverendus Siccia?« fragte Lemonnier dazwischen, weil er seit ein paar Minuten überhaupt nichts mehr begriff, aber auch weil er entdeckt hatte, daß seine Zwischenfragen wie Wasser auf das Feuer wirkten, das leicht zwischen dem Marchese und Padre Imbornone auflodern konnte.

Die zwei starrten ihn einen Augenblick fassungslos an, dann bogen sie sich vor Lachen: Padre Imbornone, ordinär wie immer, stampfte zwei-, dreimal mit dem Fuß auf, rief: »›Reverendus! Reverendus!‹« und mußte geschwind sein Sorbetglas auf der Anrichte abstellen, da er sich am Rauch verschluckt hatte.

»Was heißt hier ›Reverendus‹! Das ist eine Figur, sozusagen eine dichterische Gestalt von Micio Tempio«, klärte der Marchese, der sich als erster wieder gefangen hatte, ihn auf, zumal er gesehen hatte, daß Lemonnier auf ihren Lachanfall hin zu Boden blickte. »Das ist ein Pfaffe, der die Angewohnheit hat, mit seinen Schülern Sodomie zu betreiben.«

»›Nach dem verbrannten Sodom / wurd es Sodomie benannt, / doch warum es Schand sein soll, / kapier ich nimmermehr …‹«, trällerte Padre Imbornone und trocknete sich die Tränen ab, während sein Leib noch immer von Lachern geschüttelt wurde.

Und sogleich ergingen sie sich in einem Meer von Zitaten, deren eindeutig obszöne Bedeutung Lemonnier nur stellenweise begriff.

Am Vormittag hatte der Marchese, bevor er den Zirkel verlassen hatte, ihn und Padre Imbornone in sein Landhaus in der Nähe des Toter-Mann-Hügels eingeladen.

»Sind Sie jemals dort gewesen?«

»Noch nie.«

»Sie werden sehen, lieber Ingenieur, welch herrlichen Blick man von dort aus hat.«

Er war also hingegangen, und aus dem versprochenen Imbiß war ein Mahl mit sieben Gängen geworden, und das nur für die beiden Gäste. Für sich selbst hatte der Marchese die übliche passierte Gemüsesuppe und ein Glas Milch verlangt.

Jetzt saß Lemonnier neben dem großen brennenden Kamin, während draußen ein Gewitter aufzog. Gegen die angenehme Müdigkeit der Verdauung ankämpfend, hatte er für einen Augenblick seine Wachsamkeit abgelegt: Inmitten der Sizilianer war er gezwungen, ständig in Habachtstellung zu sein, um ja das Ausgesparte, den Rückverweis, das Unausgesprochene aus ihren Worten herauszuhören, in denen der eigentliche Sinn, die eigentliche Bedeutung steckten. Das, was die explizite Hauptaussage zu sein schien, war nichts weiter als ein Deckmantel, Augenwischerei. Hic et nunc hatte sich die Einladung, die er bekommen hatte, tatsächlich als solche und nichts weiter entpuppt. Es war ein nettes, angenehmes Beisammensein unter Freunden, die sich an den kulinarischen Genüssen erfreuten und sich über alles austauschten, was ihnen gerade so in den Sinn kam. Diese Sizilianer waren in Wirklichkeit gar nicht so schlimm, wie sie immer taten. Wenn sie sich noch bis vor wenigen Stunden wie Kannibalen gebärdeten, die um den Leichnam des Feinds tanzten und sich grenzenlos am Unglück des Barbabianca weideten, hatten sie jetzt diesen Barbabianca oder Romeres, wie auch immer er hieß, vollkommen vergessen. Sie plauderten über Dichtung, lachten über eine Doppeldeutigkeit – ach, was heißt hier »Doppel«, der Sinn war ein einziger und glasklar – und konnten sich von einer Sekunde auf die nächste in die Haare kriegen oder sich umarmen, einfach so. Geradezu kindisch waren sie und hatten beileibe nichts mit dem Stamm zu tun, über den sich sein Landesgenosse, General Boglione, ausgelassen hatte: Wenn sie einmal böse waren, handelte es sich um eine vorübergehende und oberflächliche Bosheit, wie sie eher Kindern eigen ist. Er schloß die Augen und streckte die Beine aus; die Gefechtspause zeichnete ein glückliches Lächeln auf sein Gesicht. Doch er mußte die Augen gleich wieder aufklappen, als nämlich die Stimme von Bastiano, dem Kammerdiener des Marchese, ertönte, der auf der Schwelle der großen Tür zum Salon stand.

»Wenn Euer Exzellenz belieben hinauszukommen, vom Aussichtsturm sieht man schon den Rauch.«

»Was für einen Rauch denn?« wandte er sich an Bastiano.

»Der Rauch des russischen Dampfers, nicht? Seit zwei Stunden sind wir schon hier und warten darauf«, erwiderte dieser.

Wie ein Vogel im herrlich freien Flug aus dem Hinterhalt erlegt, schlug Lemonnier jämmerlich zu Boden. Alles erklärte sich also auf diese Weise. Die harmlos scheinende Einladung verfolgte einen ganz bestimmten Zweck: Das Kannibalenritual um Barbabianca wurde ohne die geringste Abweichung bedenkenlos fortgesetzt. All die Rederei, das Geschwätz über die Dichtkunst, das angenehme Beisammensein waren nur eine Art, die Zeit totzuschlagen, bis daß das erwartete Ereignis eintreten und zum Abschluß kommen würde. Er spürte, wie seine Zunge schwer wurde.

Bei den Worten Bastianos hatten Padre Imbornone und der Marchese aufgehorcht.

»Kommen Sie, Ingenieur?« fragte Simone Curtò di Baucina mit einem freundlichen Lächeln.

Sie setzten sich in Bewegung, durchquerten das Arbeitszimmer des Marchese, kletterten die Wendeltreppe hinauf, die zum Turm führte, der Hausherr als Wegbereiter voran, dahinter kam Padre Imbornone, der bei jedem Heben des Fußes immer mehr wie ein Blasebalg pfiff, und zuletzt Lemonnier. Auf der Mitte der Treppe hielt Padre Imbornone keuchend inne – man glaubte sich inmitten der Feuerstube eines Eisenschmieds –, lehnte sich gegen die Wand und stützte sich mit der Hand aufs Geländer.

»Mir fällt gerade ein anderes Gedicht von Micio ein«, sagte er. »Das kommt einerseits von dem Anstieg, den wir machen, und andererseits von der Situation, in die Totò Romeres gerade hineinschlittert.«

»Das vom Esel und vom Löwen!« meinte der Marchese prompt.

»Ich sehe, Sie haben mich im Nu verstanden.«

»Es handelt sich um ein Gedicht«, erklärte der Marchese Lemonnier, »das von einer Abmachung zwischen einem Esel und einem Löwen erzählt, die gemeinsam ein Stück Weg zurücklegen müssen. Um sich Mühen zu sparen, beschließen beide folgendermaßen vorzugehen: Die erste Wegstrecke macht der Löwe auf dem Buckel des Esels, und die zweite legen sie genau in umgekehrter Formation zurück. Doch das erste Stück geht immer nur bergan und der Löwe schlägt, um nicht nach hinten wegzurutschen, seine Krallen ins Fleisch des Esels. Der Esel protestiert, Blut fließt, er leidet, doch er ist machtlos – das ist nun einmal ihre Vereinbarung. Um sich auf dem Rücken des Esels festzuhalten, muß der

Löwe zwangsläufig so handeln, dahinter steckt keine böse Absicht. Dann beginnt das zweite Wegstück, und der Esel steigt auf den Löwen. Doch jetzt geht die Straße steil bergab, und der Esel läuft Gefahr, sich das Genick zu brechen, wenn er nach vorne rutscht. Doch da der Esel keine Krallen hat wie der Löwe, sondern nur Hufe ohne Haltevorrichtung, bleibt ihm nichts anderes übrig als ...«

An dieser Stelle hielt er inne, um mit einem Blick Padre Imbornone die heiße Kartoffel weiterzureichen.

»... das sogenannte fünfte Bein auszufahren, das beim Mann, wie man sagt, das dritte ist«, setzte Padre Imbornone über beide Backen strahlend fort, »und es, ohne sich um das Geschrei des Löwen zu kümmern, mit einem einzigen Hieb in das richtige Loch zu stecken und sich dort zu verankern.«

»Eben, unser guter Romeres ist in diesem Moment so wie der arme Löwe auf dem Weg bergab, nachdem er über viele Jahre lang den Löwen bergaufwärts gespielt hatte«, schloß der Marchese.

Selbst Lemonnier mußte lachen, und sie setzten ihren Weg treppauf fort.

»Du gute Mutter Gottes«, sagte Nino bei sich. »Wieso habe ich ihn nicht früher gesehen?«

Er hatte sich unter eine Pergola am Ende der Terrasse zurückgezogen, an der der Wind riß und Stücke mit forttrug. Mit einemmal hatte er nicht nur die Rauchsäule vor Augen, sondern klar und deutlich den ganzen Dampfer, den das Fernglas so nah herangeholt hatte, daß man selbst die Nasenhaare der Bordmitglieder sehen konnte. Don Angelino Villasevaglios thronte in der Mitte der Terrasse unbeweglich auf seinem Stuhl, den Kopf auf die Brust gesenkt, den Hut tief über die Ohren gezogen, damit die Windstöße ihn nicht forttrugen, und sah aus wie eine Vogelscheuche im Kornfeld. Nino hatte den Eindruck, als sei der Alte in bleiernen Schlaf gefallen. Vorsichtig schlich er von der Pergola zum Mäuerchen. In seinem Innern rang er mit sich: Sollte er den so oft wiederholten Befehl, sofort den Rauch zu melden, sobald er ihn gesichtet habe, ausführen oder der Versuchung nachgeben, seinen Padrone schlafen zu lassen, damit er sich vielleicht ein wenig beruhigte; seit heute früh benahm er sich nämlich so, als hätte er einen ganzen Essigschwamm verschluckt. Nun, wenn er ihm ohne lang zu fackeln sagte, daß sich das Dampfboot näherte, dann hätte der ganze Zinnober ein Ende, und sie könnten ins Haus hineingehen, weg von diesem Windbrausen, das ihn ganz blöd im Kopf werden ließ. Gerade hatte er das Fernglas wieder ans Auge gesetzt, als er zu Tode erschrak: Fünf Finger, aus dem Nichts kommend, krallten sich derart fest in seine Schulter, daß er für einen Augenblick glaubte, es wären die Zähne eines Tiers.

»Man sieht den Rauch? Hm? Ist der Rauch zu sehen?«

Grau im Gesicht, war Don Angelino an seine Seite getreten und grapschte nach ihm, während er es noch immer nicht fassen konnte, wie der Alte sich hatte erheben und so zielstrebig vorwärts gehen können.

»Ja, ja. Auch das Schiff ist zu sehen.«

»Gib mir das Fernglas, los, mach schon.«

Völlig vor den Kopf geschlagen, reichte Nino es ihm.

»Tritt hinter mich.«

Ohne eine Silbe zu sagen, stellte Nino sich hinter ihn. Er spürte, daß Don Angelino zitterte, als hätte er einen Malariaanfall, während er das Fernglas an die Augen setzte.

»Ziel damit auf den Rauch.«

Nino faßte Don Angelino an den Schultern und richtete seinen Padrone zum Dampfschiff hin aus.

Jetzt dreht er völlig durch, dachte er, der ist doch schon seit hundert Jahren blind! Hat er das etwa vergessen?

Die Tatsache, daß Don Angelino übergeschnappt war, bestätigte sich kurz darauf: Klar und deutlich vernahm Nino die Worte aus Don Angelinos Mund, und Schauder zuckten durch seinen Leib – ob er wegen des Winds oder des Fiebers, das ihm zu Kopf gestiegen war, zitterte, war nicht festzustellen.

»Nino, ich sehe ihn! Ich kann den Rauch sehen!«

Dann brach Don Angelino in Gelächter aus.

Nino standen noch weitere zwanzig Lebensjahre bevor; Geschichten hatte er jede Menge erlebt, und so manche erwartete ihn noch. Doch diese Augenblicke, die sich auf immer in sein Gedächtnis eingebrannt hatten, würden ohnegleichen bleiben und wurden dank seiner Schilderung, die im Laufe der Zeit keinerlei Abweichungen erlebte, zur Dorflegende: Das Gelächter also, das »klingt, als schlüge man zwei leere Sardinenbüchsen gegeneinander«, und das Fernglas, das ihm aus den Händen fällt und auf dem Dach des Hauses darunter zerschlägt; und dann Don Angelino, der sich nach vorne beugt, als hätte er Magenkrämpfe, und sich mit letzter Kraft an dem Mäuerchen festhält; und der Wind, der es endlich schafft, ihm den steifen Hut vom Kopf zu reißen; und belustigt, ja belustigt, als handele es sich um einen Scherz, die Worte, die Don Angelino zu dem versteinerten Nino sagt: »Hilf mir, Nino, siehst du nicht, daß es mit mir zu Ende geht?«

»Der Rauch ist zu sehen!«

Über die Straße rannte ein junger Bursche und brüllte einem Kumpel die Nachricht zu, und das Echo seiner Stimme prallte gegen die Holzfensterläden des Zimmers, in dem Gaetano genannt Stefano sich in immer tiefere Gebete hineinsteigerte. Doch wiederum nicht so tief, als daß er diesen Ruf nicht wie einen echten Dolchstoß in den Rücken erfahren hätte. Wie zur Abwehr zog er instinktiv den Hals noch tiefer ein, und die Worte des Paters, die er aufsagte, zerfielen zu bedeutungslosen Silben. Dann hob er mit einem Ruck den Kopf, als sei der Heilige Geist in ihn gefahren. Sicherlich war es das Verdienst von San Calogero, dem in diesem Augenblick sein Gebet galt, wenn der Eindruck, den die von der Straße heraufschallenden Worte auf ihn gemacht hatten, sich zu einem klaren Bild, einer präzisen Weisung verdichteten. Wie zur Bestätigung glitt sein Blick über die Wand zur Rechten, wo auf der Höhe der sechsten Schublade des Schränkchens das Heiligenbild des frommen Eremiten Pasquale Capizzi hing, der sich anschickte, mit einem Ölbaumzweig auf sich einzupeitschen, und lüstern seinen Blick auf ein dichtes Dornengestrüpp richtete, in das er sich nach glorreicher Beendigung seiner Züchtigung zu stürzen pflegte. Unten in der Garage gab es Peitschen und Pferdestöcke genug, doch er traute sich nicht, bis ins Erdgeschoß hinunterzusteigen, da er Gefahr lief, unterwegs Bediensteten oder Familienangehörigen zu begegnen. Seinen Mund aber wollte er einzig und allein fürs Gebet aufmachen. Aufrecht inmitten des Zimmers stehend, blickte er wild entschlossen um sich, mächtig war in ihm der Drang, sofort das auszuführen, was ihm wunderbarerweise aufgetragen worden war, doch er konnte nichts Zweckdienliches finden. Mit einemmal fiel ihm ein, daß sich auf dem Dachboden noch alte Pferdepeitschen aus geflochtenen Seilen und Schilfrohr befanden. Schon eilte er, zwei Stufen auf einmal nehmend, zum Speicher; er drehte nicht einmal am Drehknauf, er wußte, daß ein Tritt gegen die Tür genügte, und sie stand sperrangelweit offen. Schon auf der Schwelle entdeckte er in der hinteren Ecke zwei oder drei Pferdeknuten mit bunt verzierten Lederriemen, die man gewöhnlich benutzte, wenn das Pferd und der Wagen festlich gerüstet wurden. Im selben Augenblick, während er mit ausgestrecktem Arm auf sie zuging, bemerkte er aus dem linken Augenwinkel eine rasche, heftige Bewegung am Fenster, die eine Verdoppelung von Umrissen im Gegenlicht zur Folge hatte.

Meine Frau und der Stumme. Es ist Dienstag, Unterrichtstag, dachte er und ergriff einen Pferdestock, den er am liebsten geküßt hätte, doch er hielt an sich, die dort sahen ihm ja zu. Im Eilschritt ging er wieder zurück und erkannte diesmal aus dem Winkel des rechten Auges das erschrockene Antlitz von Helke, die mit ausgebreiteten Armen gegen die Wand gepreßt dastand und aussah wie ein aufgespießter Schmetterling, sowie das glühend rote Gesicht des Stummen, der sich wie ein Affe krümmte und die Hände gegen die Stelle preßte, wo die Schamteile sind, so, als erwarte er, dort mit Tritten traktiert zu werden. Er schloß die Tür nicht hinter sich, denn bereits im Speicherraum hatte er begonnen, Jacke und Hemd auszuziehen, die er jetzt auf die Treppe fallen ließ; das wollene Unterhemd, das er wegen seiner anfälligen Gesundheit auch im Sommer trug, streifte er genau vor seiner Stube ab. Als er endlich wieder drinnen war, kniete er nieder und begann, sich heftig mit der Knute zu peitschen. Eins, zwei, drei, immer stärker und immer schneller, hatte man erst mal damit angefangen, ging es einem leicht von der Hand, und die Riemen verwickelten sich nicht immer wieder, sondern trafen den richtigen Punkt. Der Schmerz wurde so langgezogen und anhaltend, daß er ihn beinahe nicht mehr spürte. Hartnäckig machte er weiter, und seinem Mund entwich ein langgezogener Klagelaut, bis er schließlich auf dem Boden lag und vor lauter Tränen nicht mal mehr die Kerzenflammen erkennen konnte.

»Tut mir diese Gnade, Madonna«, flehte er aus tiefstem Herzen, bevor er erschöpft innehielt. Genau in dem Augenblick – für die Stunde und seine Lage völlig absurd – kam ihm störend die Szene vom Speicher wieder in den Sinn.

In der Galerie des Leuchtturms reizte der Geruch nach Azetylen zum Husten. Kapitän Caci, der Lotse, nahm die Hand vom Fernrohr, rieb sich mit einem Finger das Auge und sprach kein Wort.

»Und?« fragte Michele Carrubba, der Leuchtturmwächter.

»Meiner Meinung nach steuern die geradewegs in die Scheiße«, lautete Kapitän Cacis Urteil.

»Was machen Sie? Ist es nicht besser, wenn Sie hinausgehen?«

»Ich?«

»Wer sonst? Sind Sie etwa nicht der Lotse?«

»Lotse? Ja, sicher. Aber blöd bin ich nicht. Die haben kein Signal gesetzt.«

Michele Carrubba neigte sich nach vorn, um durchs Fernrohr zu sehen.

»Schau ruhig, nur zu«, meinte Kapitän Caci. »Willst du damit sagen, daß ich nicht mehr gut sehe?«

»Sie haben das Signal nicht gesetzt«, sagte Michele Carrubba, »einverstanden, aber sollte das vielleicht bedeuten ...«

»Das bedeutet nur eine Sache«, schnitt Kapitän

Caci ihm das Wort ab, »daß sie keinen Lotsen wollen. Wenn sie glauben, so große Erfahrung zu besitzen, daß sie es alleine schaffen, sollen sie ruhig, in Teufels Namen.«

»Möglicherweise begreifen die nicht die Bohne«, gab der Mann vom Leuchtturm nicht nach. »Haben die etwa eine Ahnung von den hiesigen Meeresuntiefen? Die meinen vielleicht, sie können ganz ruhig vor sich hin schippern, und eh sie sich's versehen, steht das Wasser ihnen schon bis zum Hals.«

»Und aus diesem Grund, glaubst du, sollte ich meine Männer rufen, sie bei dem Wetter ins Boot steigen und rudern lassen, bis sie Blut schwitzen, damit sie dann auf den Dampfer dieser Scheißrussen klettern und sie heil und gesund in den Hafen lotsen? Und die dann, wenn sie in Sicherheit sind und den Anker geworfen haben, zu mir sagen: Wir lassen grüßen ...?«

»Nun, wenn es echte Seeleute sind ...«

»Seemannsleut' taugen kein' Deut«, meinte Kapitän Caci.

Michele Carrubba fehlte der Mut, seine Rede fortzusetzen. Kapitän Caci war ein guter Kerl, doch er hatte einen echten Kalabresenschädel, härter als Stahl, und nicht mal die Ankerkette konnte ihn von seinem einmal getroffenen Entschluß abbringen. Einmal hatte er es fertiggebracht, drei Tage und drei Nächte auf einem Ast zu hocken, wo er rote Mispeläpfel pflückte, nur weil seine Frau ihn drängte, doch bitte herunterzusteigen.

»Wenn die vorher nicht den Lotsenruf setzen, rühr ich mich keinen Millimeter vom Fleck«, sagte Kapitän Caci in das Schweigen hinein, das mehr oder weniger auf ihm lastete. »Vergangenes Jahr habe ich mit einem englischen Schiff einen totalen Reinfall erlebt. Es war übles Wetter, genau wie jetzt, und ich, gutherzig wie ich nun mal bin, bin dem Dampfer entgegengefahren und habe ihn in den Hafen gelotst. Ergebnis war, daß sie keine Lira herausrückten, denn ihrer Meinung nach habe ich alles auf eigene Faust getan. Meine Männer habe ich dann aus eigener Tasche bezahlen müssen. Die daraus gezogene Lehre lautet: Sie rufen mich, ich geh hin, sie bezahlen.«

»Was soll das heißen?« fragte Michele Carrubba wieder.

»Das heißt nichts. Ich wollte es dir nur erklären. Du hältst den Leuchtturm in Betrieb, ich stehe hier zu Diensten, das Lotsenboot und die Männer sind am Ufer bereit, und wir haben ein reines Gewissen. Wenn die sich die Hörner brechen, nur weil sie zwei Groschen sparen wollen, ist das etwa unsere Schuld?«

»Das Fernglas gehört mir, und ich gebe es nicht aus der Hand. Sie können den Rauch bestens mit bloßem Auge sehen«, sagte Michele Navarrìa, der, je näher das Schiff kam, nervöser als ein Wespennest war. Er hätte zufrieden sein können, genau wie die anderen Kollegen, doch er war nun mal so, er konnte es nie bei etwas bewenden lassen, und die da fraßen und soffen seine halben Vorräte leer, mit der Ausrede, daß sie auf dem Spaziergang Hunger und Durst bekommen hätten. Aber schuld war er, denn am Morgen hatte er, bevor er das Lager von Don Ciccio Lo Cascio verließ, in die Runde hinein gesagt: »Heute nach dem Essen geh ich nach Durrueli.«

Die Lagerhalter hatten das zu Recht für eine Einladung gehalten und waren mit Karren, zu Fuß, zu Pferd, wie auch immer in seinem Landhaus in Durrueli eingetroffen, einem Ort oberhalb von Vigàta, wo man einen Blick auf das einlaufende Dampfschiff genießen würde wie im Theater. Doch in diesem Augenblick setzte ihm Pasqualino Patti zu. Während die anderen große Reden schwangen und sich seinen Wein hinter die Binde kippten, schleimte der um ihn herum, weil er sein Fernglas geliehen haben wollte – kurzsichtig, wie er war, hatte er noch nichts von dem Rauch gesehen.

»Sehen Sie den Rauch denn nicht? Dort, in gerader Linie hinter dem Felsen der Verlobten.«

»Ich sehe ihn nicht, leihen Sie mir das Fernglas. Haben Sie etwa Angst, ich könnte es aufessen?« fragte Pasqualino Patti.

»Sie sind in der Lage, sogar Steine zu fressen, wie kann da ein Fernglas vor Ihnen sicher sein!« entgegnete Michele Navarrìa und spielte damit auf den halben Laib Brot und die dreihundert Gramm Schinken an, die der andere in einer halben Stunde verputzt hatte, als hätte er seit einem Monat nichts mehr zu beißen gehabt.

»Der Rauch! Der Rauch! Der Rauch!«

Im Ton, im Klang, in der Lautstärke variiert, wie ein Feuerwerk, das in die Luft geschossen wird, setzte sich das Echo dieses Rufs von Dach zu Dach, von Fenster zu Fenster fort und folgte dabei einem Strang aus Schicksalsfügungen, Sympathien, Antipathien, grausamem Haß und ebenso grausamen Lieben. Einmal half der Wind nach, dann war er eher hinderlich. In Bächen, Wildläufen, Wasserfällen stürzte das Echo zu den niederen Stockwerken und den ebenerdigen Behausungen hinab, wo sich die, die aufgrund ihrer Herkunft oder Vermögenslage nicht auserkoren waren, Terrassen oder Balkone zu besitzen, dem wohlmeinenden Herzen der Glücklicheren anvertrauten, um genaueste Angaben über Farbe, Durchmesser, Abstand vom Hafen und Dichte der Rauchfahne zu erhalten.

Vito Cusumano vergaß in der Eile sein Jackett, ausgerechnet er, der immer aussah wie aus dem Ei gepellt und sich nicht einmal als Leichnam mit einem ungekämmten Härchen gezeigt hätte; Tano Musumeci verkürzte seinen zweistündigen Verdauungsschlaf um eine geschlagene Stunde, wohlgemerkt hatten es die drei Stöße des Erdbebens im Jahr 1880 nicht fertiggebracht, ihn seines Schlafs zu berauben; Pino Macaluso brüllte herum, daß er nicht einmal dann liegenbleiben würde, wenn es ihm sämtliche Ärzte auf dem Erdenrund befehlen würden, und verlangte von seiner Frau Hilfestellung, um sich aus dem Bett, seiner Leidensstätte seit zehn Jahren, zu erheben; Melo Tringali ließ den Barbier, der alle zwei Wochen zu ihm ins Haus kam, halbverrichteter Dinge stehen. Und das war wirklich eine denkwürdige Sache, denn das Haareschneiden hatte für Melo genau denselben Stellenwert wie eine heilige Messe und mußte in absolutem Schweigen, ohne die geringste Störung verlaufen, davon konnte sein Sohn Pino ein Liedchen singen. Als der nämlich zwei Jahre zuvor unbedacht ins Zimmer gekommen war, um ihm eine Nachricht zu unterbreiten, die Donna Rosina betraf, nämlich: »Papà, die Mama ist in dieser Sekunde gestorben«, bekam er einen Stuhl an den Kopf geworfen, wovon heute noch eine Narbe zeugte.

Nie, auch nicht an den stürmischsten und schwärzesten Wintertagen, wenn irgendein verlorener Fischkutter kämpfte, um den Weg in den Hafen zu finden, und jeder Brecher ihn verschluckt zu haben schien, wenn man die Namen der Unglücklichen auf See schon leise vor sich hin murmelte, wie man es mit den Toten macht, da die einzigen, die deren Namen laut herausschreien dürfen, die Frauen, Töchter, Mütter waren, die durch die Straßen des Dorfs in Richtung Strand rannten, während sich um sie herum ein Schweigen verdichtete, das man mit dem Messer hätte schneiden können; und in diese Stille hinein klagten und jammerten die Frauen, zerfetzten ihre Brustleibchen, rauften sich die Haare …

Nie zuvor, auch nicht am schlimmsten Trauer- und Unglückstag, niemals, auch nicht als die Boote von Fofò Fiorentino und Ciccio Tripodi zusammen untergingen und ganz Vigàta Fofò und Ciccio einander wie Brüder umarmend untergehen sah – sie, die sich ihr Leben lang mit schlechten Worten bedacht hatten –, auch nicht das eine Mal, als Savaturi Burgio, »der Fisch« – so genannt, weil sein Blut kalt wie das eines Fisches war –, da er begriff, daß es mit ihm aus war, ganz Vigàta zum Abschied zuwinkte, bevor er an die Felsen krachend starb – nie, einfach kein einziges Mal waren derart viele Vigateser Augen suchend auf das Meer gerichtet wie heute.

Im Morgengrauen des 13. Juli 1831, also vor sechzig Jahren, war Kapitän Mariano Currao aus

Vigàta, der einige Zeit zuvor auf eine wunderspendende Fischbank auf der Höhe seines Dorfes in einer Gegend zwischen dem Felsen der Verlobten und der Spitze von Kap Russello gestoßen war, mit seinem Schleppnetzkahn hinausgefahren, um seine tägliche Schlacht unter den Fischen zu begehen, nachdem er, Ringelkreise wie ein Schweineschwanz fahrend und Stopps vortäuschend, alle anderen Boote hatte abhängen können. Das Geheimnis der Wunderbank hatte er nur Nino Trifiletti aus Fela anvertraut, der ein vertrauenswürdiger Mann, sein Blutsbruder und verschwiegen wie ein Grab war. Vertraute man Nino eine Sache an, dann war es so, als hätte man sie unter der Erde verscharrt. Kapitän Currao war gerade dabei, den ersten Fang an Bord zu ziehen, als der Matrose Totò Ferro, mit dem Oberkörper übers Wasser gebeugt, um das Netz einzuholen, zu Stein erstarrte und kreidebleich wurde.

»Die Fische sind alle tot.«

Als Kapitän Currao diese Worte vernahm, verlor er keine Zeit und gab Befehl zu wenden. Seit geraumer Zeit geschahen Dinge in dieser Gegend des Meeres, die ihm ganz und gar nicht geheuer waren. Einmal hörte man aus der Meerestiefe herauf ein dumpfes Geräusch, ein Donnern, das eine halbe Stunde anhielt und sich dann in einer Reihe von stärkeren, deutlich unterscheidbaren Kanonenschlägen entlud. Ein andermal war das Wasser schlagartig so warm geworden, daß man darin Nudeln hätte kochen können. Ein drittes Mal waren gelbliche Algen an die Wasseroberfläche gestiegen, die zwischen den Fingern zu stinkendem Mehl zerbröselten. Während sie aus der mysteriösen Zone herausruderten, sah Kapitän Currao, wie Nino Trifilettis Boot auf den Fischgrund zusegelte. Aufrecht am Bug stehend machte er Zeichen in seine Richtung. Ninos Kahn hielt inne, wartete, bis der von Currao an seiner Seite war.

»Was geht hier vor sich?« fragte Trifiletti den Currao, als er bemerkte, daß die Fischer auf dem Holzboot des Freundes so aussahen, als hätte kein Sonnenstrahl sie je gestreift.

»Wir fischen schon gekochten Fisch, den man bestens auftragen könnte«, gab ihm Currao Auskunft.

Auf Anraten Trifilettis hin, der obendrein ein umsichtiger Mensch war, entfernten sie sich nach einem Weilchen. Einige Minuten darauf spürten sie von der neuen Position aus zuerst ein langgezogenes, träges Getöse, das beständig anschwoll, dann sahen sie, wie das Wasser zu brodeln begann; ihre Boote zitterten, als hätten sie das Tertianafieber, und steil vor ihnen erhob sich eine riesige Säule aus Rauch und Funken, die um sich spuckte wie ein wütender Mensch. Während die

Sonne ergraute, dichte, zähe Asche beim Atemholen in die Lungen eindrang und die zu Tode erschrockenen Seeleute auf die Knie fielen und die Muttergottes und sämtliche Heilige anflehten, begriffen Currao und Trifiletti völlig verdutzt, daß sie einem nie zuvor gesehenen Schauspiel beiwohnten: Unter ihren Augen wurde eine Vulkaninsel geboren. Zwei Tage brauchte das Meer zu dieser Geburt, und die ganze Zeit krümmte es sich einmal tobend und schäumend, um dann wieder in ein anhaltendes Lamento zurückzufallen, so daß man es am liebsten gestreichelt hätte. Am 15. Juli schließlich tauchte die Insel in ihrer vollen Größe auf, und das Meer schien mit einem Schlag völlig erschöpft in den Schlaf zu fallen. Die Akademiker Jonville und Prevost aus Frankreich kamen eilends herbei, um die Insel zu studieren, und tauften sie auf den Namen »Giulia«, da sie im Juli geboren war; aus Catania stürzte der Geologe Gemmellaro herbei, dessen Lehrstuhl derzeit in der Luft hing, und da Ihre Majestät höchstpersönlich die Entscheidung darüber zu treffen hatte, verlieh er ihr zu Ehren seines Königs den Namen »Ferdinandea«; aus Deutschland kam flugs wie der Wind der Professor Hoffman herbei, der die Insel, phantasie- und interesselos, wie er war, überhaupt nicht taufte und sich darauf beschränkte, sie zu beobachten, während Kapitän Currao, der die Insel ganz für sich »Curraa« genannt hatte und damit die zwanzigjährige Freundschaft mit Kapitän Trifiletti zerstörte, der es sich erlaubt hatte, der Insel den Namen »Trifiletta« zu verpassen, gegen Bezahlung mindestens zweimal am Tag die Neugierigen aus Vigàta hierher transportierte. Bei diesem ganzen wissenschaftlichen Eifer beschränkten sich die Engländer darauf, ihren Kutter »Hind« zusammen mit dem Kapitän Jenhouse zu schikken, der eines schönen Tages an Land ging, ein paar Schritte tat, die britische Flagge hißte und die Insel, wer weiß warum, »Graham« nannte. Das englische Banner komplizierte die Dinge sofort. Als man Ferdinand von Bourbon davon berichtete, der in jenen Tagen Sizilien besuchte, ließ ihn, der gerade erst den Thron bestiegen hatte, diese Notiz ziemlich kalt. Natürlich erinnerte er sich an die Geschichte seines Vaters, dem zu Ehren im Jahr 1801 von dem Astronomen Padre Piazzi ein gerade erst entdeckter kleiner Planet benannt wurde, und just im selben Jahr sah er sich gezwungen, den für ihn ruinösen Frieden zu Florenz zu unterzeichnen. Als einzigen Kommentar zitierte Ferdinand I. an den Herzog von Carcaci gewandt ein sizilianisches Sprichwort: »Schönes Zeugs habe ich dort in Frankreich, und hier gehe ich ein vor Kälte.« Doch die Insel war sehr viel näher als das siderale »Frankreich«, in dem sich der Planetoid befand, und Ferdinand der Jüngere beschloß, in Bälde die Kanonenkorvette »Etna« loszuschicken, um auf seine Weise den expansionistischen Bestrebungen der Engländer Einhalt zu gebieten. Die Insel bestand, wie Benedetto Marzolla, Beamter im Königlich-Topographischen Amt, schrieb, der sich eigens um der »Ferdinandea« willen von Neapel aus auf dem Dampfboot »Francesco I« herbemüht hatte, »aus einer ebenen Fläche, die knapp drei Handbreit über dem Meeresspiegel liegt und mit feinem, aber schwerem schwarzen Sand sowie kleinen Lavabrocken und leichten, porösen Gesteinsschlacken bedeckt ist. So ziemlich in der Mitte der Insel erhebt sich ein kleiner Hügel aus Sand, ähnlich dem in der Ebene, und bröseligen Schlacken. Nördlich von dieser Erhebung liegt ein kleiner Teich mit ungefähr hundertsechzig Handbreit Umfang, der kochendheißes Wasser enthält und über dem Rauch wabert. Die Insel hat einen Gesamtumfang von circa zweitausend Handbreit, wie drei akkurat durchgeführte Messungen ergeben haben.« Rechnete man alles zusammen, handelte es sich demnach um ein Fleckchen Land von etwa der Größe eines Handtuchs, das dennoch groß genug war, um zwei oder drei Kriegsschiffen Unterschlupf oder Stützpunkt zu bieten. Sei es, um seinem Namen Ehre zu machen, sei es, weil er als Neapolitaner gezwungen war, wie ein Neapolitaner zu handeln, gab Pasqualino Pace, der Kommandant der bourbonischen Kanonenkorvette, dem Kapitän Jenhouse, der ihn fragte, was ihn denn auf die Insel geführt habe, zur Antwort, daß er allein zu dem Zweck gekommen sei, die genauen Längen- und Breitengrade zu vermessen. Dann wolle er wieder nach Neapel zurückkehren, wo ihn Frau und Kinder erwarteten. Bei Nacht und Nebel jedoch ließ er die englische Flagge verschwinden und ersetzte sie durch die bourbonische. Es hatte den Anschein, als würde Jenhouse diesen Schlag einstecken, und drei ganze Tage lang streiften die Seeleute der »Etna« über die Insel und wollten nicht einmal das Gesicht wahren und Messungen und Berechnungen durchführen. Bis dann am vierten Tag die mächtige englische Fregatte »Simpson« am nördlichen Horizont auftauchte. Sie stand unter dem Kommando von Kapitän Douglas, dem der Ruf vorauseilte, ein Mann zu sein, dem jener Humor gänzlich abging, mit dem sich die Engländer für gewöhnlich brüsten. Beim Sichten der Fregatte setzten sich von Vigàta und Umgebung aus zweiunddreißig Fischerboote, vollgestopft mit Vigatesern unter dem Kommando von Mariano Currao, in Bewegung, der fest entschlossen war, nicht auf die Insel zu verzichten. Kühnen Muts zitierte er vor Douglas – der nicht eine Silbe Italienisch sprach, geschweige denn Curraos Sizilianisch verstehen konnte –

einen Aufruf aus der Feder des Advokaten Tumminello, der es vorgezogen hatte, zu Hause zu bleiben; darin wurden »die Habgier und das betrügerische Treiben« der Engländer angeprangert. Es war genau wie bei der Unterredung zwischen den drei Schwerhörigen, denn am Ende bedankte sich Douglas, weil er alles für eine Willkommensrede von seiten der braven Eingeborenen gehalten hatte. Daraufhin wurden mehr oder weniger hitzige Kommentare laut. Vito Sansotta und Cosimo Peritore bekamen eine in die Fresse beziehungsweise einen gebrochenen Arm, während Jim Ackeroyd und Tom Blackwell mit einem blauen Auge und einer Messerschramme am Bauch wieder an Bord gingen. Man sieht, daß die Logik, diese »reine Form des Denkens«, in jenen Gegenden hin und wieder unreine Formen annahm. Der herausragende Studiosus des Internationalen Rechts, Salvatore Russo-Farruggia, der wie ein wildgewordener Bulle in die Auseinandersetzung über den Besitz der Insel, der schon halb Europa reizte, hineingeplatzt war, behauptete unterdes, daß »Albion immer schon das öffentliche Recht mißachtet hat«, und folglich durften auch die Bourbonen die von Jenhouse gehißte Flagge ignorieren und daraus Fußabtreter machen.

Engländer, Franzosen, Deutsche und Bourbonen legten eine Sache in gemeinsamem Einverständnis dar, nämlich daß auf dieser Insel nicht nur keine einzige Alge wuchs, was vielleicht noch erklärbar war, sondern sich auch kein einziger Vogel niederließ. Tote Erde war sie, auf der man sich nach einer Weile ganz nervös und seltsam fühlte. Am Morgen des 13. September wurde laut Francesco Macaluso, der sich selbst zum nicht gerade unparteiischen Chronisten der ganzen Geschichte ernannt hatte, »als erstes und einziges Exemplar der Inselfauna auf der höchsten Spitze der Erhebung eine Ringeltaube gesichtet, die dort sang; als sie aus dem kleinen Teich am Fuße des Hügels trank, fiel sie augenblicklich tot um«. Doch es gab auch einen etwas schwerwiegenderen Todesfall zu verzeichnen. Eines Abends stach der Matrose Ted Woodehouse, der zuviel Rum oder Gin intus hatte, am Nordufer des Schwefelsees den Vigateser Fofò Corallo ab; Streitgrund war keineswegs eine Territorialfrage, sondern anscheinend die Frage der gerechten Aufteilung des letzten Viertels von ehemals fünf Litern besten Weins. Nachdem ihr Boden mit dem Blut eines Toten getränkt war, hatte die Insel nach fünf Monaten der Streitereien und Auseinandersetzungen genug: Am 16. Dezember 1831 versank sie mit einem Schlag und ließ den Männern auf ihrem Boden gerade noch so viel Zeit, um in ihre Boote zu steigen.

Es vergingen fünfzehn Jahre, und die Insel

schien es sich erneut zu überlegen: Eines schönen Morgens streckte sie den bekannten Hügel ein, zwei Meter übers Wasser, wie um sich umzuschauen. Als sie gesehen hatte, daß sie da nichts verloren hatte, sank sie wieder ab, hielt aber drei Meter unter der Wasseroberfläche inne und verwandelte sich in eine gefährliche Sandbank. Von den vielen Namen, die sie im Laufe ihrer kurzen und umkämpften Existenz getragen hatte, war in der Erinnerung der Sizilianer nur einer geblieben, »die Tänzerinneninsel«, wobei »Tänzerin« nicht so sehr die vulkanische Natur des Felsens zum Ausdruck bringen sollte, sondern vielmehr die charakterliche Unbeständigkeit, die der Volksmund den Frauen von der Bühne anhängte. Jahre später machte ein Schriftsteller aus jener Gegend die Insel zum Handlungsort einer seiner neuen, idealen Kolonien. Auch in der dichterischen Vorstellung des Schriftstellers endete die Insel auf dem Meeresgrund. Die ehemalige Insel wurde seither »Sandbank von Marullo« genannt, nach dem Namen eines unglückseligen Kapitäns, der genau in diesem seichten Grund sein Schiff und sein Leben verloren hatte.

Wie Kapitän Caci ganz klar vorausgesehen hatte, krachte das russische Schiff »Iwan Tomorow«, nachdem es über eine Stunde lang Spielball der tobenden Meeresfluten gewesen war, gegen die »Sandbank von Marullo« und zerschellte.

»Wir verneigen uns vor Don Totò!«

Ignazio Xerri war ganz außer Atem. Der Schreck, als er mit ansehen mußte, wie der Dampfer mit einem Knall, der das ganze Dorf erzittern ließ, in zwei Hälften brach, saß ihm noch in den Knochen; um so größer jedoch war sein Erschrecken bei der blitzschnellen Erkenntnis, daß sich das Rad nun andersherum drehte: Wer Don Totò Unrecht getan hatte, für den ging jetzt eine echte Sauregurkenzeit los. Aus diesem Grund traf er seine eigenen Vorkehrungen, noch bevor die Sache an die Öffentlichkeit gedrungen war. Er hatte sich von den anderen Lagerbesitzern im Hause von Michele Navarrìa verabschiedet, die mit aus den Höhlen getretenen Augen zu Salzsäulen erstarrt und wie betäubt waren, als wäre an ihnen gerade der Verkündigungsengel vorübergegangen; dann war er im Teufelskaracho von Durrueli nach Vigàta gerast. Seine Stimme klang deswegen eher wie das Krähen eines verstimmten Hahns und nicht respektvoll, freundlich und heiter, wie eigentlich beabsichtigt. Er steckte nur den Kopf zur Tür des Lagerbüros Barbabianca hinein, blickte sich um und schien schon in dieser Haltung zu tiefen Bücklingen bereit. Zuerst erkannte er nichts, im Innern war es stockdunkel, nicht mal ein Lichtlein brannte, kein Laut war zu vernehmen.

»Ist da niemand?« rief er.

Da sah er ihn. Besser gesagt, er erkannte Don Totò nicht in ganzer Gestalt, sondern zuerst nur an seinen Augen, die starr und weit aufgerissen auf ihn gerichtet waren und wie die einer Katze phosphoreszierten. Er erschrak und schaute wortlos zu dem Alten, den er jetzt in der Dunkelheit deutlicher erkannte: Ein Fels in der Brandung, die breiten Schultern leicht gekrümmt, aber dennoch ganz ruhig, der große, breite Schnauzer umrahmte seinen Mund, der zu einem Grinsen verzogen war, wie angewidert, so kam es ihm vor; sein Brustkorb, der schon immer so breit wie ein Exerzierplatz gewesen war, hob und senkte sich friedlich beim Atmen, die Hände lagen gefaltet auf dem Schreibtisch, der über und über mit verschlossenen, prall gefüllten Kuverts bedeckt war.

Man sieht, daß Don Totò sich auf den Tod vorbereitete, wie Samson mit allen Philistern, dachte Ignazio Xerri mit einem Schauder, während er verzweifelt zu erraten versuchte, welcher der Umschläge die ausführliche Geschichte seiner eigenen, öffentlichen wie privaten, Vergehen enthielt, die Don Totò schwarz auf weiß festgehalten hatte, und der nun auf seine Verschickung wartete – beispielsweise an die Firma Tatafiore, die bei ihm ihre Schwefelvorräte lagerte, oder an seinen Vetter Carmelo, um ihm zu erklären, wie er, Ignazio, sich vor dem Notar Filippazzo anläßlich der Erbschaft Postulano verhalten hatte, oder an seine Gattin Sisina, um sie von seiner Liebelei mit Tana zu unterrichten. Weiterhin durchbohrten ihn diese schrecklichen Augen, seelenlos, ohne jede Gefühlsregung und Erbarmen, genau wie zwei Gewehrmündungen. Ganz langsam ging er, guten Abend murmelnd, was ohne Gegengruß blieb. Als er das Lager verlassen hatte, waren seine Knie mit einem Schlag butterweich.

Als sich der Wind gelegt und dem Regen das Feld überlassen hatte, eilte Agatino Cultrera nach Hause. Vor lauter Schwung in den Gliedern gestikulierte und schwankte er, wechselte von einer Straßenseite zur anderen, als verfolge ihn ein unsichtbarer Bienenschwarm. Ohne es zu merken, stand er auch schon oben auf der Treppe, riß die Tür auf und stürzte an den Schreibtisch. Da rutschte ihm das Herz in die Hose: Der Brief, in dem er das Verschwinden der Schwefelladung aus den Lagerräumen Barbabianca denunzierte, lag nicht mehr auf dem Tisch. Bei der Vorstellung, daß sein Sohn ihn möglicherweise zur Spedition gebracht oder ein Windstoß ihn durch das offenstehende Fenster auf die Straße befördert haben könnte, spürte er, wie sich jedes einzelne Haar auf seinem Kopf aufrichtete. Er sackte auf dem Stuhl zusammen; dieses Mal würde ihn ganz gewiß der Schlag treffen, hatte er doch nicht einmal mehr die Kraft, nach seiner Frau zu rufen, die um diese Uhrzeit im Eßzimmer an ihrer Klöppelarbeit saß. Mit einemmal sah er das Kuvert weiß schimmern. Sicherlich war es wegen des Luftzugs heruntergefallen und halb unter die Beinstütze gerutscht. Da er keine Lust hatte aufzustehen, streckte er nur den Fuß aus und zog den Brief zu sich heran, ließ dann aber den Schuh mit aller Kraft darauf stehen, als könnte das Papier jeden Augenblick auf und davon fliegen. Langsam begann er nun, das von Regen oder Schweiß nasse Gesicht zu trocknen.

»Du hattest recht! Du hattest einfach recht! Du bist ein Heiliger, ein wahrer Heiliger bist du!«

Nenè Barbabianca kniete am Fuß des Bettes und strich Öl auf die unzähligen offenen Wundmale seines Bruders Stefanuzzo, der mittlerweile beim dreißigsten Dankgebet für die Heilige Jungfrau angelangt war. Unter dem Heiligenbild der Madonna brannte eine Riesenkerze. In der Küche hatte Helke zwei Kübel Wasser zum Kochen aufgesetzt, um das Blut abzuwaschen, das selbst über die Wände ihres gemeinsamen Zimmers gelaufen war; Marietta zerriß alte Hemden, um daraus Verbandszeug zu machen; Donna Matilde hatte die Magd Mariannina ausgeschickt, den Arzt Artidoro Carmina zu holen, und stand jetzt am Fenster, auf die Rückkehr der beiden wartend. Tano, »das Grab«, war aufs Land geeilt, um dort nach Schlangenhaut zu suchen, mit der das Blut gestillt und die Wunden geheilt werden sollten. Nur der Stumme ließ sich nirgendwo im Haus blicken, wer weiß, wo er sich versteckt hatte.

Nun blieb nichts anderes mehr zu tun, als das Fenster richtig zu verriegeln, das den ganzen Tag über im Wind geklappert hatte, so daß das Regenwasser bis ins Zimmer gedrungen war und sich mit der zentimeterhohen Staubschicht auf dem Fußboden vermischt hatte. Doch zuvor mußte er sich dem Schreibtisch nähern und mutig das Bittschreiben an den Bankdirektor an sich nehmen – das Schreiben, das den Höhepunkt seiner Schande dargestellt hatte und das er nach fünf Jahren zum erstenmal an diesem Morgen, als es so aussah, als stünde Totò Barbabiancas sicheres Ende bevor, wieder zur Hand genommen und gelesen hatte. Aber es erneut in die Hand nehmen, warum nur? Um es wieder in der Schublade verschwinden zu lassen? Danach stand ihm nicht der Sinn: Einmal hatte er gehört, daß man beim Öffnen gewisser Gräber die Toten so vorgefunden hatte, als wären sie nicht schon vor hundert Jahren gestorben, derart unversehrt waren ihre Körper und ihre Kleidung, sondern als wären sie tags zuvor eingesargt worden. Kaum aber kamen sie mit der Luft in Berührung, konnte man mit ansehen, wie sie innerhalb weniger Augenblicke zu Staub und Asche zerfielen. Das Bittschreiben, das er in Händen hielt, hatte nicht das Zeitliche gesegnet, doch genau den Eindruck machte es auf ihn – es wieder herauszuziehen war wie die Arbeit eines Totengräbers gewesen. Ohne es zu zerreißen, das war es nicht wert, kehrte er langsamen Schritts um und ließ es aus dem Fenster fallen, wozu er gerade zwei Finger spreizte, und wunderte sich, wie einfach diese Geste doch war. Dann sah er, wie das Papier flach in der Luft segelte, sich einen Augenblick auf dem lebhaft gluckernden Rinnsal niederließ, das aus dem Straßengraben bis auf halbe Straßenhöhe floß, und immer schneller werdend um die Ecke schoß und verschwand.

Masino Bonocore hob die Arme, um die Fensterläden zu schließen, und hielt in dieser Stellung inne. Mit Wohlgefallen atmete er den Geruch der nassen Erde ein und spürte, wie sich seine Brust weitete. Vielleicht, überlegte er, kommt das daher, weil ich den ganzen Tag noch keinen Bissen zu mir genommen habe und zwei Stunden lang nicht aufhören konnte zu weinen, nachdem ich jahrelang keine Träne mehr vergossen hatte – vielleicht hatte es jetzt einfach sein müssen, viel zu lange bin ich wie tot gewesen.

»Auf das Wohlergehen von Don Totò!« brummelte er, wohl wissend, daß er mit diesem Spruch ein Kreuz über den wichtigsten und schmerzhaftesten Teil seines Lebens machte. Aber da war nichts zu ändern, es war sinnlos, sich die Zähne auszubeißen und sich zu plagen: Der eine kommt nun mal mit dem Kopf, der andere mit den Füßen voran auf die Welt, und Charakter und Schicksal waren keine austauschbaren Variablen. Er war derjenige, der den Fehler beging und eine alte Geschichte hervorkramte und ohnehin schon einen Fuß im Grab hatte. Aus diesem Grund würde er das Fenster von jetzt an immer offenhalten, und auch im anderen Zimmer, in dem er schlief, sollten von dem Tag an Sonne und Licht eindringen. Überdies beschloß er, am Abend an seinen Sohn Santino nach Mailand zu schreiben, um ihm die merkwürdigen Vorgänge dieses Tages zu berichten und ihn zum Lachen zu bringen.

Padre Imbornone erteilte lauthals Befehl, daß man ihm seinen Einspänner bereitstelle, denn die Heckseite der »Tomorow« hatte sich noch nicht ganz zur Seite geneigt und Kisten, Seile, Holz- und Eisenstücke sowie kleine Puppen, die sich komisch bewegten und Menschen waren, ausgespuckt. Lemonnier hatte fasziniert zugesehen, wie vom Hafen von Vigàta aus zuerst ein, dann fünf, dann zehn Segelboote wie Schmetterlinge zu dem Schiff ausgeflogen waren, sich wundersamerweise noch immer auf den Brechern hielten und zwischen Wassertälern und -bergen, denen des Erdreichs ähnlich, verschwanden und wieder auftauchten: schneeweiße Pfeile, die stur auf ihr gegnerisches Ziel zusteuerten und dabei – und das ahnte Lemonnier sehr wohl – Angst und Schrecken überwanden, nur weil dort eine heftigere Sorge, eine größere Angst laut nach einer hilfreichen Hand, nach einem aufmunternden Wort, nach einer Hilfe verlangte, die vielleicht nur aus Blicken freundlich gesinnter Augen bestand. Padre Imbornone schien vom Antoniusfeuer befallen, sprang von einem Fuß auf den anderen, war glühendrot im Gesicht geworden – man hätte sogar ein Ei darauf braten können – und wirkte in dem kleinen Turm eingesperrt wie ein Rabe in einem zu engen Käfig. Lemonnier versuchte, ihn zu beruhigen, da er fürchtete, ihn könnte vielleicht der Schlag treffen.

»Regen Sie sich doch ab«, sagte er. »Es braucht noch seine Zeit, bevor sie all die Verletzten und Toten aufgesammelt und dann nach Vigàta geschafft haben.«

Padre Imbornone hielt inne und sah ihn fragend an. Auch Simone Curtò di Baucina machte bei diesem Ausspruch ein verdutztes Gesicht.

»Ich sagte«, sah sich Lemonnier gezwungen zu erläutern, verspürte aber zugleich ein leicht unangenehmes Kribbeln, »es dauert gewiß noch eine Weile, bevor die russischen Matrosen in den

Genuß ihres Trostes, ihrer lehrreichen Worte kommen werden ...«

Padre Imbornone hob die Augen zum Himmel und bat den lieben Gott um etwas Geduld mit diesem ungeschlachten Piemontesen, der nicht die Bohne verstand.

»Aber was für lehrreiche Worte denn!« brüllte er los. »Ich will den Anblick der Gesichter sämtlicher Dorfbewohner genießen, die verarscht worden sind! Ich will diese Farce nicht verpassen!«

Und mit flatterndem Gewand rannte er die Treppe hinunter.

»Wir sind gerettet! Der Dampfer ist untergegangen! Begreifen Sie, Don Totò? Untergegangen!«

Über den Schreibtisch gebeugt verkündete ihm Blasco Moriones dies: Seit fünf Minuten schrie, weinte, flüsterte er, ja er war sogar auf die Knie vor ihm gefallen, und wiederholte diese Worte so lange, bis er selbst ihren Sinn nicht mehr verstand. Doch der Alte zeigte keine Regung, blieb ungerührt wie ein Eisblock. Als Blasco, in der Hoffnung auf irgendeine Reaktion von seiten Don Totòs, die Hände auf die gefalteten des anderen legte und sie heftig schüttelte, erst da fragte der Alte ihn, ohne den Kopf zu wenden, ohne ihn anzublicken: »Wieviel Uhr haben wir jetzt?«

»Sechs Uhr, Don Totò«, gab Blasco Auskunft und verspürte Mitleid und Gewissensbisse, weil er

Don Totò so lange Stunden inmitten eines Meeres aus Trübsal und Verzweiflung alleingelassen hatte.

»Und wann hättest du hiersein sollen?«

»Um drei.«

Es ging also um etwas anderes, nichts konnte mehr verborgen bleiben, alles kam ans Tageslicht, seine Feigheit oder sein Mitverschworensein, man hatte die Wahl. Drei Stunden hatte er auf dem Toter-Mann-Hügel zugebracht, bis der Anblick der »Tomorow«, die auf eine Sandbank auflief, ihn aus seiner Betäubung riß, in die er zu seiner Freude gestürzt war.

»Hat dein Maulesel sich die Hufe verstaucht?«

»Nein.«

»Bist du hingefallen?«

»Nein.«

»Hast du zuviel Zeit in Fela vertrödelt?«

»Nein. Sehen Sie sich vor, die Gebrüder Munda…«

»Laß die Gebrüder Munda aus dem Spiel.«

Unweigerlich war das Verhör, würde es fortgesetzt, jetzt am Kreuzpunkt, an der Passionsstelle angekommen.

»Dann sprich du«, gebot Don Totò. »Erzähl du mir den Grund deiner Verspätung, die mir mehr Pein zugefügt hat als das erwartete Schiff. Nicht etwa, weil mich die Antwort der Munda-Brüder interessiert, schreib dir das hinter die Ohren, sondern einfach und allein deshalb, weil du nicht auf deinem Posten warst, wo du hättest sein müssen. Und jetzt will ich deine Erklärung hören.«

Doch Blasco erklärte nichts. Statt dessen begann er hemmungslos zu weinen, und diese Tränen besagten mehr als alle Worte, machten wieder einen kleinen Jungen aus ihm, wenn die erlittene Strafe für eine begangene Verfehlung sich in Tränen auflöste, die nach Vergebung, der Hand auf dem Kopf, dem mahnenden Wort flehten. Dieses Mal jedoch kam nichts davon.

»Haben Sie nicht verstanden, was ich Ihnen gesagt habe?« lenkte Blasco Moriones, der auf allen vieren um den Schreibtisch herumgekrochen war und seinen Kopf gegen den Schenkel Don Totòs gelegt hatte, unter Schluchzern ein.

»Wir sind gerettet! Der Dampfer ist untergegangen!«, und beim Sprechen hielt er den Mund gegen dessen Fleisch gepreßt, das er unter dem Stoff spürte, und küßte es in einem fort, ohne zu wissen, was er eigentlich tat.

»Wir sind gerettet!«

»Wir?« meinte Don Totò. »Wir sind? Da täuschst du dich aber. Wir, das dürfen nur meine Verwandten und meine Kinder sagen«, und er legte besonderes Gewicht auf das letzte Wort. »Du mußt ›Sie sind‹ sagen, wie alle Diener und wie du, der du ein Diener bist, es zu halten hast.«

Die erste Abenddämmerung brach herein, das Schlechtwetter verzog sich, so wie es gekommen war, nur die Bruchstücke von Regenrinnen, die von den Dächern geflogen waren, und die paar Wasserpfützen auf den Straßen erinnerten an das, was geschehen war. Eine nachhaltigere Erinnerung würden die acht Überlebenden der »Tomorow« mit sich nehmen, die aneinandergedrängt in einem großen Raum im Rathaus lagen; die Fischer aus Vigàta hatten in einem wahren Wettstreit untereinander Hanfdecken zum Einwickeln sowie warme Speisen und Wein für sie gebracht. Bei den zehn, die in der kleinen Kirche aufgereiht waren und warteten, daß die zwei Oberschreiner des Orts die Särge zusammengezimmert hatten, und den anderen acht, die auf See verschollen waren, war es keine Frage des Erinnerns mehr, weder an diesen noch an andere Tage.

Apropos Erinnerungsvermögen, alle in Vigàta wußten, daß Don Totò es darin mit einem Elefanten aufnehmen konnte. Einen Vorgeschmack darauf bekam man eine Stunde nach Untergang des Schiffes. Der ellenlange Tano mit den gebeugten Schultern, »das Grab«, schritt langsam die Via Crucis ab, die Nenè Barbabianca am Morgen blutspuckend und sich in den Boden schämend zurückgelegt hatte. Selbst wie der leibhaftige Tod aussehend, ging er im Rhythmus der

Totenglocken von Lager zu Lager, verzog den Mund zu einem Grinsen – so war es ihm ausdrücklich aufgetragen worden – und sagte zu den Lagerbesitzern, die bei seinem Anblick ihr Ende nahen fühlten, einen einzigen, knappen Spruch, immer den gleichen, der jedoch lang genug war, daß sich sein Gesicht verfinsterte und in hundert Falten legte, während er deutlich die einzelnen Silben betonte: »Don Totò erweist Ihnen seine Aufmerksamkeit und seine Verehrung. Da ihm das Schicksal hold war, veranstaltet er am kommenden Sonntag ein Fest in seinem Haus. Euer Ehren sind eingeladen, Don Totò zu beehren.«

Die Lagerhalter ergingen sich in Glück- und Segenswünschen und versicherten, daß sie bei dieser Gelegenheit nicht fehlen würden, und nur ein unmittelbarer Tod könnte sie eines solchen Vergnügens berauben.

Nur Don Ciccio Lo Cascio, der mit einem Schlag, kaum war die »Tomorow« auf die Sandbank aufgelaufen, allein auf weiter Flur stand – als hätte er eine ansteckende Krankheit, schlugen alle, wenn er vorüberging, die Augen nieder –, hatte ermessen, wie tief der Graben seines Unglücks war, nur er blieb sich seiner treu und hatte den Mut, nein zu sagen.

»Richte deinem Herrn meinen Dank aus. Ich hoffe, daß die Feier für ihn ein Erfolg wird. Aber sag ihm, daß ich ungern den Gifttod sterben würde.«

»Das Bett ist eine herrliche Sache, schläft man nicht, dann ruht man darin«, sagt das Sprichwort, doch sie waren in großer Zahl, die weder schliefen noch ruhten.

Ignazio Xerri war nach starkem Kamillentee endlich weggedämmert, riß jedoch gegen drei Uhr mit Schreien seine Frau aus dem Schlaf und behauptete, da wäre eine Katze mit Riesenaugen wie zwei Orangen, die ihn bei lebendigem Leib auffressen wollte.

Pasqualino Patti wälzte sich unablässig im Bett, so daß Frau Teresina an einem bestimmten Punkt ihre Matratze nahm und sich in die Küche verzog.

Nach Stunden des Hin und Her kleidete sich Michele Navarrìa angesichts der gefährlichen Situation picobello an, setzte sich, den Hut auf dem Kopf, ans obere Bettende und begann eine Litanei von Heiligenanrufungen aufzusagen, die bis zum Morgengrauen dauerte.

Ciccio Lo Cascio legte nicht einmal seine Kleider ab, denn er wußte, daß ihn und die anderen Lagerhalter eine *heilige* Nacht erwartete *(so werde ich mir wenigstens den Gefechtswind um die*

Nase wehen lassen), stellte sich ans Fenster und rauchte.

Saverio Fede fielen vor Müdigkeit beinahe die Augen zu, aber er gab nicht auf: Zum hundertstenmal erzählte er seiner Frau, wie sich die Dinge zugetragen hatten und wie höflich er Nenè Barbabianca geantwortet hatte, daß er keinen Schwefel vorrätig habe und daß in dieser abschlägigen Antwort kein Hintergedanke stecke und daß die Barbabiancas ihm jetzt nicht böse sein konnten…

»Wenn du ein reines Gewissen hast, warum nimmst du es dir dann so zu Herzen?« knallte ihm seine Gemahlin gegen vier Uhr früh an den Kopf, die beschlossen hatte, ihm eine Szene zu machen, da der Schlaf eh zum Teufel war.

Auch ein Nichtlagerhalter wie Fonzio Vassallo erlebte eine *heilige Nacht,* denn um acht Uhr abends war er zusammen mit Padre Imbornone in den Palazzo Barbabianca gerufen worden. Sein Zeitvertreib war nämlich, auf Kupfer und Holz zu malen, und wenn die Besitzer der Kutschen Szenen aus der Geschichte der Paladine haben wollten, wandten sie sich stets an ihn. Und um Don Totò gegenüber sein Wort zu halten und ihm das Bestellte zu liefern, mußte Fonzio Vassallo auf sämtliche Schlafstunden verzichten.

Auch Signora Helke tat nur so, als schliefe sie, denn es kam ihr vor, als sei das Bett voller Rippen und steinharter Noppen; kaum war sie eingeschlafen, träumte sie, daß sie in die Tiefe fiel, und jedesmal schreckte sie heftig auf, und die Augen aufschlagend blickte sie in die von Stefanuzzo, die vom Fieber und dem Widerschein der hundert Kerzen funkelten. Fest eingewickelt wie eine *ricotta* lag ihr Gatte auf die rechte Seite gedreht, den Ellenbogen aufs Kissen gestützt und die Hand unterm Kopf, und starrte sie unbeweglich an. Signora Helke zwang sich, Ruhe zu bewahren, doch innerlich wuchs ihre Angst von Minute zu Minute. Sie war sich beinahe sicher, daß Stefanuzzo nichts Genaues hatte erkennen können, doch warum nahm er dann seinen Blick nicht von ihr? Sie konnte ja nicht wissen, daß Stefanuzzo, als ihm nach der Selbstgeißelung die Szene auf dem Speicher wieder in den Sinn gekommen war und er sein besonderes Augenmerk auf einige Einzelheiten gerichtet hatte, mit Leib und Seele vor einem ganz bestimmten, unmißverständlichen Detail zurückgeschreckt war, als wäre er auf eine Viper gestoßen. Umgehend hatte er beschlossen, Gott als zweites Votum des Tages sein Stillschweigen über diese Begebenheit anzubieten: Nie mehr in seinem ganzen Leben würde er auf den Speicher steigen, während seine Frau Totuzzo dort unterrichtete. Doch er starrte sie weiterhin an, denn mit ihm ging gerade etwas Merkwürdiges vor, und allein daran zu denken, geschweige denn es auszusprechen, beschämte ihn. Vielleicht war es die Erleichterung über die ausgeschlagene Gefahr oder wegen der Peitschenhiebe, die er sich verabreicht hatte, vielleicht war es das Glücksgefühl über das erfahrene Wunder. Seine Frau war endlich eingeschlafen – er konnte seinerseits ja nicht wissen, daß Helke, anstatt ihre Aufregung durch ein ständiges Einnicken und Aufwachen zu verraten, sich lieber schlafend stellte –, und ihr Atem ging regelmäßig; die Rundung ihrer Hüften unterm Leintuch, die blonden Haare auf dem Kissen schürten den seltsamen Vorgang, den er sich nicht erklären konnte.

»Helke?«

Eisiges Schweigen von ihrer Seite. Die Stunde der Wahrheit war gekommen.

»Helke?«

Dieses Mal legte er seine Hand auf ihren Oberschenkel und rüttelte daran. Sie konnte sich nicht länger verstellen. Sich räuspernd klapperte sie mit den Augenlidern, als sei sie aus dem Schlaf gerissen worden, und drehte sich halb zu ihm um.

»Was gibt's?«

Stefanuzzo gab ihr keine Erklärung, und Helke war gezwungen, sich mit dem ganzen Körper umzudrehen. Unsinnigerweise wünschte sie sich, in diesem Moment Tausende von Kilometern fernab von Sizilien und ihrem Mann in der Schweiz zu sein. Doch das, was sich ihrem Blick offenbarte, machte sie sprachlos. Stefanuzzo hatte auf dem Rücken liegend das Leintuch zurückgeschlagen und zeigte genau an der Stelle, wo der Verband endete, auf einen stahlharten Pfahl, der so hart war wie noch nie, und Stefanuzzo selber beäugte ihn gewiß mit noch größerer Verwunderung als seine Frau.

»Aber wird es dir nicht weh tun?« fragte diese und hielt sich zurück, ihn in die Hand zu nehmen, zu streicheln und zu küssen: Das war das Anzeichen dafür, daß, wie auch immer sich die Dinge entwickeln würden, die Geschichte vom Speicher keinen folgenschweren Verlauf genommen hatte. Sie beherrschte sich aber, denn sie hatte es bisher erst ein einziges Mal, damals, noch in der Schweiz, probiert, und Stefanuzzo hatte ihren Kopf brüsk beiseite geschoben und entsetzt ausgerufen: »Aber was machst du da? Bist du verrückt? Das sind doch Hurensachen!«

»Wird es dir nicht weh tun?« fragte sie erneut, da Stefanuzzo weiterhin gebannt auf ihn starrte.

»Nein, wenn du auf mich draufsteigst, nicht«, erwiderte ihr Ehemann.

Und Helke gehorchte.

Niemals hatte Stefanuzzo sich träumen lassen,

es auf diese sündige Weise zu machen; sie machten es einmal im Monat, wenn er sich dazu aufraffen konnte, und dazu zog er nicht einmal das Nachthemd aus und verlangte, daß auch Helke das ihrige anbehielt. Dieses Mal aber, während Helke auf ihm ritt, bäumte er sich jammernd auf, zog sich das Hemd über den Kopf und dachte nicht im Traum daran, aus dem Bett zu steigen und die Operation auf halber Strecke abzublasen, um die Lichter auszumachen, wie er es die anderen Male stets getan hatte, während Helke in der Luft hing und, um das religiöse Gleichgewicht wiederherzustellen, im Geiste sämtliche Flüche auf deutsch ausstieß, die sie kannte. Nur zum richtigen Zeitpunkt sorgte sich Stefanuzzo darum, seinen Seelenfrieden durch eine Ejakulation zu bewahren, wie Padre Cannata es ihm beigebracht hatte: »Ich tu's nicht zum Vergnügen, sondern um Gott einen Sohn zu schenken.«

In Vigàta gab es zwei Kirchen. Die ältere war die der Maria Immacolata aus unverputztem Tuffstein nahe beim Meeresufer. Es war dies nicht viel mehr als eine Kapelle, die von den Fischern des Dorfs eigenhändig gebaut worden war. Die andere war die Kathedrale auf der Piazza, eine richtige Kirche eben mit zwölf Treppenstufen und zwei Säulen am Eingang, der Glockenturm erhob sich jedoch nicht über das Dach, da Padre

Imbornone behauptete, das Geld zu dessen Fertigstellung würde doch nie ausreichen, der Turm sei ein Loch ohne Boden.

»Ohne Boden ist das Loch seiner Hurenweiber«, dachten die Fischer von Vigàta, behielten es aber für sich, denn die seine war die Kirche der Bürgersleut, und nie würden sie ihren Fuß hineinsetzen. Die kleine Kirche, die in jenem Augenblick voller toter Russen war, die die Fischer hergeschafft hatten, war die von Padre Cannata. Und so fanden am Morgen des 19. zwei Gottesdienste statt. Padre Cannata hielt die Messe und sprach danach nur wenige Worte, war er nun mal nicht so gebildet wie Padre Imbornone. Er beschränkte sich darauf, die Vigateser Fischer zu loben, nicht nur weil sie Menschenleben gerettet hatten, sondern auch wegen ihres Muts, bei dem Seegang draußen zu bleiben und die Toten zu bergen, damit sie nicht um ein christliches Begräbnis und eine Messe gebracht wurden. Er wisse nicht – sagte er –, an welchen Gott diese Russen glaubten; zu den Särgen gewandt entschuldigte er sich bei denen, die darin lagen, daß er ihnen Gebete aufgezwungen habe, die ihnen in ihrem Wortlaut vielleicht gar nicht genehm waren, aber er kannte eben keine anderen. Nachdem er den Vigateser Frauen im Namen all der Mütter, Bräute und Töchter dort im fernen Rußland – einem Land, von dem er, ehrlich gesagt, nicht einmal wußte, wo es lag – für ihre aufrichtigen Tränen gedankt hatte, die sie für diese armen Teufel vergossen hatten, sprach er den Segen über die Särge. Darauf stemmten die Fischer sie auf ihre Schultern und trugen sie auf den Friedhof genau auf der Spitze des Hügels, von wo aus man den Blick aufs offene Meer hatte. Hinter ihnen gingen die acht Überlebenden, mit denen sich die Fischer mittlerweile mit Gesten und Mimik verständigten; auch der Kommandant Alessio Paruskin war darunter, der sich wegen seiner Beinverletzung auf Kapitän Caci stützte, dem er seine Rettung verdankte. Der hatte nicht gezögert, sich vom Boot aus ins Meer zu stürzen, und war endlose Minuten unter Wasser geblieben, um Paruskins Bein aus der Umschlingung einer Trosse zu befreien. Als die beiden dann an Bord gezogen wurden, wußte man nicht mehr, wer der Retter und wer der Gerettete war.

»Bei solchen Gelegenheiten bedarf es keiner Verträge«, hatte Kapitän Caci gesagt, während er die Hände in die Taschen steckte, die der Kapitän Paruskin unbedingt küssen wollte.

Die andere Messe wurde in der Kathedrale abgehalten – eine wahrhaftig feierliche Angelegenheit, die es wert ist, in allen Einzelheiten erzählt zu werden. Um zehn Uhr vormittags erschien Stefanuzzo Barbabianca inmitten zweier Flügel singender Meßdiener und einer Schar von Lagerbesitzern, Lagerburschen, Angestellten, alle in Begleitung der Frau Gemahlin, barfuß, eine brennende Kerze in der Hand, auf der Kirchenschwelle, um das letzte Gelübde einzulösen, das er abgelegt hatte. Den Kopf auf die Brust gesenkt, die Kerze in der Höhe, erreichte er den Hauptaltar, wo er sich zu pflichtgemäßem Gebet sammelte. Dann reichte er Padre Imbornone die Kerze und ließ sich, von Gebeten und Bewunderung der Anwesenden begleitet, auf dem Bauch zu Boden, streckte die Zunge zwei Handbreit heraus und leckte gründlichst den Dreck vom Fußboden auf, hin und wieder stöhnend, denn die Wunden von den Peitschenhieben schmerzten noch immer. Zweimal durchquerte er so die ganze Kirche, vom Hauptaltar bis zum Eingangsportal und wieder zurück. Nachdem das Votum gelöst war, bildete sich der Prozessionszug, an dessen Spitze ein Meßbub ging, der auf einem seidenen Kissen die Kupfertafel trug, die Fonzio Vassallo in den Nachtstunden bemalt hatte. Darauf waren in der Mitte ein Schiff zu sehen, das entzweigebrochen sank, und ein paar Seeleute, die in den Fluten trieben und mit himmelwärts erhobenen Armen um Hilfe flehten. In einem Rund oben rechts war die Heilige Jungfrau, die sich gütig von einigen Wolken hinabbeugte, um nach einem den Sterblichen versagten Kriterium einige Auserwählte von ihnen zu retten und andere nicht. Links unten befand sich eine Schriftrolle, auf der stand: »Salvatore Barbabianca & Söhne für die erhaltene Gnade«. Doch um welche Gnade es sich handelte, stand nicht da, auch wenn der Untergrund des Exvotos schwefelgelb war, so daß jeder, der wollte, es verstehen konnte. Hinter dem Meßdiener kam die Dorfkapelle in vollem Aufzug, die die Ouvertüre zur »Diebischen Elster« von Rossini spielte, und dahinter folgte Padre Imbornone mit zwei Meßknaben, die ihn in Weihrauchwolken hüllten. Niemals war Padre Imbornone so glücklich und zugleich so verschreckt gewesen: Er war glücklich wegen dem, was er tat: wegen der Lästerlichkeit, der Gottesverhöhnung, die in diesem Augenblick in jeder seiner Handlungen, in jedem seiner Gebete lag; und Angst hatte er, denn wenn Gott tatsächlich existierte – und mit dieser Prozession forderte er ihn ja heraus, endlich einen Existenzbeweis zu geben –, hätte Gott ihn, da er endgültig die Nase voll hatte, mit einem Blitzschlag vom Angesicht dieser Erde entfernen müssen.

Neben ihm schritt vereint die ganze Familie Barbabianca: Don Totò, breitschultrig und gleichgültig, der sich umblickte, als ginge ihn die ganze Sache nichts an; Donna Matilde, die zum erstenmal in ihrem Leben in einem Gebetbuch las; Nenè, an Mariettas Seite, der sich alle Augenblick vor lauter Rührung die Brille abwischte; Stefanuzzo, der liebevoll von Helke gestützt wurde. Dann kamen die Diener, und unter ihnen ging – zur Verwunderung des ganzen Dorfs – Blasco Moriones mit Augen, die dick geschwollen waren wie Melonen. Ihnen folgten auf dem Fuß sämtliche Lagerhalter von Vigàta mit Ausnahme von Don Ciccio Lo Cascio, und hinter den Lagerbesitzern die Rechnungsprüfer und die Angestellten, und dahinter wiederum die Lagerburschen, die zu diesem Anlaß ihren guten Anzug trugen. Allen zur Seite die Ehefrauen mit schwarzem Schleier auf dem Kopf. Die feierliche Prozession ging bis zur Biegung der Hafenmole, wo eine Säule mit einer Statue der Madonuzza hoch aufragte, die den Fischern, die ausliefen oder zurückkehrten, gute Fahrt wünschte und Trost spendete. Hier hielt der Zug inne, und während die Kapelle »Sei gegrüßt, o Königin« anstimmte, kletterte der Maurermeister Matteo Savatteri eine Leiter hinauf und mauerte genau am Fuße der Madonuzza die Kupfertafel von Fonzio Vassallo fest. Daraufhin kehrte die Prozession in Richtung Kathedrale um, wo sie sich auflösen sollte.

Die Dorfkapelle hatte beinahe ihr gesamtes Repertoire gespielt und just, als sie unter dem Fenster vorbeizog, »Du, der du zu Gott aufzufliegen die Flügel ausbreitetest« angestimmt, als Doktor Artidoro Carmina an Nino gewandt schlicht und einfach sagte: »Er ist tot.«

Von dem Augenblick an, da Nino sich Don Angelino Villasevaglios', der sich nicht mehr regen konnte, auf der Terrasse angenommen und ihn aufs Bett gelegt hatte, hatte er sich nicht wieder gefangen. Nur einmal in der Nacht hatte er dem Diener die Hand gedrückt und so leise mit belegter Stimme gemurmelt, daß Nino sein Ohr zu seinem Mund führen mußte, um ihn zu verstehen: »Nino, ist der Dampfer gekommen?«

»Er ist eingelaufen, er ist eingelaufen«, log der Diener und spürte, wie sein Gesicht unter dem schweren Atem des Sterbenden heiß anlief.

Bei dieser Nachricht verzog sich Don Angelinos Mund zu einem offenen Grinsen, einer Art verzerrtem Lachen über das ganze Gesicht. Jetzt, da er tot war, hatte er den gleichen Gesichtsausdruck, und wenn man ihn so ansah, bekam man es unweigerlich mit der Angst zu tun.

»Was soll ich tun?« fragte Nino den Arzt und meinte damit ebendiese stumme Lachfratze.

»Was willst du schon tun? Drück ihm die Augen zu«, erwiderte Doktor Carmina, der nichts begriffen hatte.

Nino strich ihm liebevoll und vorsichtig mit der offenen Hand von der Stirn bis zur Nase, und die Lider schlossen sich. Aber das Grinsen wirkte sogleich noch schlimmer, der Mund klaffte derart weit auf, daß es wirklich nicht mehr anging.

Doch zumindest er ist zufrieden gestorben, dachte Nino.

Die Anregung zu *Das launische Eiland* gab mir ein anonymes Flugblatt, das ich zwischen den Papieren meines Großvaters gefunden hatte; es warnt vor den Umtrieben eines unehrlichen Schwefelhändlers. Was den Rest angeht, sind Namen und Situationen frei von mir erfunden. Als der Roman erstmals erschien, stieß er auf Wohlgefallen bei meiner Mutter: Ich widme ihn ihrem Angedenken.

PIPER ORIGINAL

Andrea Camilleri
Jagdsaison

Roman. Aus dem Italienischen von Monika Lustig.
154 Seiten. Klappenbroschur.

Auf dem Postdampfschiff »König von Italien« kommt am Neujahrstag 1880 ein Fremder in das Städtchen Vigàta: Fofò möchte sich in seiner sizilianischen Heimat als Apotheker niederlassen. Kurz darauf beginnt eine Reihe mysteriöser Todesfälle, und ein Mitglied der Familie Peluso nach dem anderen wird dahingerafft: Mal ist es eine Pilzvergiftung, mal Schwindsucht, mal auch Mord. Fofò, durch all die Schicksalsschläge Vertrauter der Pelusos geworden, heiratet die einzige Überlebende, die junge Marchesa Antonietta. Erst der neue Stadtkommandant beginnt an der Zufälligkeit dieses wundersamen Sterbens zu zweifeln...
Wieder brilliert Camilleri in einer köstlichen satirischen Komödie, der er mit gewohnter Könnerschaft ein unwiderstehliches sizilianisches Kolorit verleiht.

»Camilleri, der Mann aus Agrigent, ist ein Chronist dieser Welt: geistreich, weise und absolut unterhaltsam. Ein Könner.«
Aspekte

PIPER ORIGINAL

Andrea Camilleri
Die sizilianische Oper

Roman. Aus dem Italienischen von Monika Lustig.
271 Seiten. Klappenbroschur

Ein Roman, so stimmungsreich, deftig und schwungvoll wie eine italienische Oper zu Zeiten, als Italien noch ein Königreich war: Im sizilianischen Städtchen Vigàta wird eine umstrittene Opernaufführung zum Zankapfel zwischen der Präfektur und den gewitzten Vigatesern. Nach dem gründlichen Mißlingen des feierlichen Abends steht dann auch noch das Theater in Flammen. Verdächtige gibt es jede Menge, doch wer von ihnen würde tatsächlich so weit gehen? Köstliche Charaktere, pralle Erotik, viel Lokalkolorit und ein rasantes Erzähltempo – all das macht »Die sizilianische Oper« zu einem der besten Romane Camilleris.

PIPER ORIGINAL

Carlo Lucarelli
Der trübe Sommer

Ein Fall für Commissario De Luca. Aus dem Italienischen von Barbara Krohn. 147 Seiten. Klappenbroschur.

Es ist der Sommer des Jahres 45, und Commissario De Luca ist unterwegs nach Rom. In einem kleinen Dorf in der Emilia Romagna macht er eine schauerliche Entdeckung – sämtliche Familienmitglieder der Guerras liegen erschlagen auf ihrem Grundstück. Die zum Zerreissen gespannte Atmosphäre zwischen Partisanen und Polizei, zwischen den abwartenden Menschen im Dorf und dem mißtrauisch beäugten Durchreisenden De Luca macht die Lösung des Falles zu einer gefährlichen Gratwanderung. Und dann findet De Luca eine grüne Brosche, das entscheidende Beweisstück.

»Lucarellis Schreibkunst erinnert an jene von Simenon: Sie ist reich an Details und außergewöhnlichen Kniffen, die die Lektüre zu einem beinahe visuellen Erlebnis macht.«
Messaggero Veneto